O IMENSO AZUL
entre nós

The Deep Blue Between

Ayesha Harruna Attah

O IMENSO AZUL
entre nós

The Deep Blue Between

Ayesha Harruna Attah

Tradução
Valéria Almeida

Copyright © 2020 by Ayesha Harruna Attah
Copyright da tradução © 2021 by Editora Globo S.A.

Publicado originalmente pela Pushkin Press (Reino Unido), mediante acordo com
Pontas Literary & Film Agency (Espanha).

Todos os direitos reservados. Nenhuma parte desta edição pode ser utilizada ou reproduzida
— em qualquer meio ou forma, seja mecânico ou eletrônico, fotocópia, gravação etc. — nem
apropriada ou estocada em sistema de banco de dados sem a expressa autorização da editora.

Título original: *The Deep Blue Between*

Editora responsável **Veronica Gonzalez**
Assistente editorial **Lara Berruezo**
Diagramação e adaptação de capa **Gisele Baptista de Oliveira**
Projeto gráfico original **Laboratório Secreto**
Preparação de texto **Lorrane Fortunato**
Revisão **Fernanda Marão**
Design da capa e ilustração © **studiohelen.co.uk**

**Texto fixado conforme as regras do Acordo Ortográfico
da Língua Portuguesa (Decreto Legislativo n° 54, de 1995).**

Dados Internacionais de Catalogação na Publicação (CIP)
(Câmara Brasileira do Livro, SP, Brasil)

Attah, Ayesha Harruna
    O imenso azul entre nós / Ayesha Harruna
Attah ; tradução Valéria Rezende. -- 1. ed. --
Rio de Janeiro : Alt, 2021.

    Título original: the deep blue between
    ISBN 978-65-88131-23-7

    1. Ficção inglesa I. Título.

21-60931   CDD-823

Índices para catálogo sistemático:
1. Ficção : Literatura inglesa 823
Maria Alice Ferreira - Bibliotecária - CRB-8/7964

1ª edição, 2021

Direitos de edição em língua portuguesa para o Brasil
adquiridos por Editora Globo S.A.
R. Marquês de Pombal, 25
20.230-240 – Rio de Janeiro – RJ – Brasil
www.globolivros.com.br

PARA TUMI E TAMI

capítulo um

Em nossos sonhos, *nosso pai está sentado em uma sala sem cor. Nossa mãe amamenta seu bebê, mas os membros de ambos estão congelados, como se esquecidos pelo tempo. O fogo consome nossa aldeia, a fumaça sufoca nossas gargantas, as chamas queimam nossa pele. Corremos. Nossas mãos se apertam uma à outra como cola. Os dedos dela são meus; meus dedos são dela. Estamos de mãos dadas desde o ventre, antes de nossa primeira separação. Perdemos nosso lar antes, mas isso não nos partiu. Agora, perdemos nosso lar novamente, mas ainda temos uma à outra. Corremos. Caçadas por cascos, gritos e homens alados. Uma de nós tropeça. O suor lubrifica a fina pele de nossas mãos. Os dedos dela escorregam pelos meus. Estávamos erradas. Desta vez, parece o fim. Ela escapa de mim.*

capítulo dois
HASSANA

Eu poderia começar contando como meu *baba* foi vender seus sapatos em Djenné e nunca mais voltou. Ou como nossa aldeia foi destruída por completo e que não sei do paradeiro da minha mãe ou da minha avó. Ou como minha irmã mais velha, Aminah, e eu perdemos nosso irmão em uma caravana humana. Ou eu poderia lhe contar sobre o pior dia da minha vida, quando a minha irmã gêmea foi arrancada de mim. Mas vou começar com o momento em que parei de deixar outras pessoas controlarem o que eu fazia, aonde eu ia ou o que acontecia comigo. Vou começar com o momento em que me libertei.

Em 1892, quando eu tinha dez anos, fui forçada a viver em um lugar onde as árvores cresciam tão coladas que engoliam minha voz. Wofa Sarpong, um homem da minha altura, comprou a mim e Aminah, e nos levou à sua casa em uma clareira cercada de árvores que arranhavam o céu. Sempre que eu olhava para cima, me perguntava como as árvores permaneciam tão altas e não tombavam e, todo dia, a floresta esmagava meu peito como uma cabaça de pele de vaca vazia. Muitas noites eu acordava suando, com o coração acelerado, sempre com falta de ar. Eu era uma filha da savana, de espaços abertos e árvores baixas. No horizonte, podíamos ver os camelos da caravana que se aproximava. O mundo parecia vasto e sem limites. A floresta encolhia o mundo e minha vida inteira com ele.

Não há nada que eu possa dizer que tenha gostado em Wofa Sarpong e sua família. Talvez apenas que Aminah ainda estava comigo. Ela se saiu um pouco melhor do que eu, e dizia que a comida de Wofa Sarpong era bem gostosa, que o *tuo* deles, que eles chamavam de *fufu*, era mais doce que o nosso. Ela fazia questão de que eu bebesse as sopas com peixe e cogumelos, mas era como comer a casca de uma árvore. Tudo parecia pesado na minha língua. Nada tinha sabor. Comia porque Aminah me dizia para comer. Mas eu era metade de uma pessoa.

A mudança na minha história começou no ápice da estação da noz-de-cola. Perdi a conta, como sempre, de quantas árvores de noz-de-cola Wofa Sarpong nos fez subir. Nós, os pequenos – os filhos dele e as crianças que ele comprou –, subíamos como lagartos, procurando lugares distantes uns dos outros para colher o máximo de frutos que conseguíamos. Wofa Sarpong nos dizia que a noz-de-cola era um presente de Deus, e que Deus ficaria zangado se não pegássemos tudo o que ele nos tinha dado. *Eu* estava zangada com Otienu, o meu Deus, por ter me mandado para um lugar como aquele sem que eu tivesse feito nada errado. Às vezes, ficava imaginando como era o Deus de Wofa Sarpong. Ele parecia abençoar Wofa Sarpong com uma abundância de noz-de-cola. Nunca esquecerei como tinha que esticar meus braços para cortar os frutos de noz-de-cola na base, enquanto equilibrava precariamente meus pés descalços nos galhos, sempre achando que ia cair. Nunca caí, e consegui tranquilizar meu medo o suficiente para continuar pegando os frutos, que eu jogava para Kwesi, Aminah e as outras crianças mais velhas, que os colocavam em cestos grandes e os carregavam depois. Todo dia, nós trabalhávamos de manhã e à tarde, e Wofa Sarpong nunca nos agradecia pelo nosso trabalho.

Quando ele dizia "Já deu", era nossa deixa para descer das árvores. Deixávamos nossas facas nos cestos grandes, em cima das nozes-de-cola com suas cascas rugosas. Voltávamos por um caminho cruzado por formigas a cada dois passos que dávamos. Eu poderia observar as formigas por dias. A forma como realizavam o trabalho, uma de cada vez, e se uma delas entrasse em apuros, todas se juntavam para ajudar. Naquele dia, fui tomada por uma tristeza impressionante ao perceber como criaturas tão pequenas podiam demonstrar tanta gentileza umas com as outras, enquanto pessoas como Wofa Sarpong e os homens que nos sequestraram não tinham nada para oferecer, além de crueldade.

Chegamos ao complexo de quatro cabanas largas de Wofa Sarpong – para ele, suas esposas e filhos pequenos – e mais duas do outro lado, para os seus filhos adultos e para aqueles de nós que ele havia comprado. Perto da entrada da casa dele havia uma cabana isolada onde se guardavam potes de comida, vasilhas e pilões. Enquanto Aminah seguia na frente com seu cesto, entrei naquela cabana solitária e levei uma vasilha de barro preto para a primeira esposa de Wofa Sarpong. Senti um peso sobre mim, como se tivesse uma bigorna de ferreiro amarrada nas minhas costas. A esposa de Wofa Sarpong apanhou dois montes brilhantes de *tuo*, colocou-os na tigela e a passou à segunda esposa, que acrescentou algumas conchas cheias de sopa de palma com dois pedaços de peixe.

— Sorria! — ela ordenou.

Normalmente, eu estamparia um meio-sorriso no rosto, qualquer coisa para me livrar delas, mas naquele dia eu não consegui sequer tentar. Coloquei a vasilha diante de Aminah e das outras meninas, elas mergulharam os dedos na sopa e começaram a comer. Antes que pudesse decidir se queria comer ou não, Aminah já tinha levado o *tuo* aos meus lábios.

— Coma o seu *fufu* — ela disse.

Eu me recusava a usar as palavras deles. Não o chamaria de *fufu* como Aminah.

Levei a massa de banana-da-terra e mandioca à boca e ela tinha gosto de vento; segundos depois, o meu estômago se agitou. A comida voltaria se eu continuasse forçando para comer, então levantei e fui me sentar debaixo da árvore *abrofo nkatie*. Eu queria que tudo acabasse.

Nós havíamos sido trazidas mais ou menos um ano antes, e os sons da noite ainda me deixavam agitada. Wofa Sarpong entrava sorrateiramente com frequência em nosso quarto para ver Aminah e, depois que ele saía, eu ficava acordada ouvindo minha irmã chorar ao meu lado. Naquela noite, mesmo sem ter comido nada, eu dormi como uma píton bem-alimentada sob o peso da minha tristeza.

Tudo à nossa volta é água refletindo um azul mais profundo que o céu. Pessoas próximas olham para a água, que se estende atrás de nós, até às margens da terra. Tecidos inflam como grandes lenços brancos ao vento e estamos de pé em uma plataforma de madeira. À nossa frente há uma terra que parece familiar e estranha ao mesmo tempo, com árvores que parecem palmeiras, que balançam e se curvam à ventania. As árvores ficam cada vez maiores. Estamos em movimento.

Acordei, minhas roupas molhadas como se tivessem jogado um balde d'água em cima de mim. A floresta não havia apenas tomado a minha voz – ela havia se infiltrado nos meus sonhos, rompendo a ligação mais forte que eu tinha com minha irmã. Quando nosso *baba* desapareceu, sabíamos que ele estava vivo porque Husseina e eu sonhamos que ele estava em uma sala. Eu via tudo de um ângulo. Ela via de outro. Se eu via um rosto, ela via uma pessoa de costas. Juntas, víamos tudo. A floresta havia feito nossos sonhos se perderem um do outro. Até agora...

Sacudi Aminah e contei a ela sobre o sonho.

— Esses sonhos são dela — eu disse. — Husseina está viva.

Os dias que se seguiram foram diferentes. O peso da tristeza amenizou, substituído por uma mistura confusa de expectativa e uma terrível dor na minha barriga. Minhas dores de estômago aumentaram quando eu lavava as roupas da família Sarpong ou subia nas árvores de noz-de-cola. Eu não conseguia me sentar quieta ou me concentrar, especialmente quando Wofa Sarpong nos enfileirava e nos dizia algo, ou até mesmo quando Aminah falava comigo. Minha irmã gêmea estava viva em um lugar cercado pela água mais azul que eu jamais havia visto. Por um minuto, eu sentia que devia correr e abraçar a todos, anunciando a notícia; no outro, o medo me envolvia – e se nós nunca mais víssemos uma a outra, apenas com nossos sonhos nos conectando? Eu poderia viver com isso? Essa pergunta me assombrava, dando nós dolorosos em minhas entranhas.

Uma tarde, enquanto estávamos debulhando painço, Wofa Sarpong, acompanhado por um homem que eu nunca havia visto na fazenda, reuniu a todos no pátio onde os filhos dele escondiam paus e pedras, e onde eu já estava sentada. O recém chegado usava um calção curto preso à cintura por um cordão de couro. Ele também usava um chapéu branco e andava de um lado para o outro enquanto esperava Wofa Sarpong nos organizar. O homem perguntava o nome de todos e eu mal ouvia. Queria voltar a procurar gorgulhos e pedras. Não conseguia parar de pensar em Husseina.

Alguém me cutucou pelo lado.

O homem de calção e chapéu perguntou meu nome.

— Hassana — respondi.

Wofa Sarpong me olhou como se eu tivesse roubado o último pedaço de peixe na sopa dele.

O homem me perguntou novamente.

— Hassana.

Dessa vez falei com convicção, percebendo que, quando Wofa Sarpong nos reuniu mais cedo, era para nos dar nomes novos. Ele não queria ser preso por ter escravos. Nossos nomes nos entregariam. Falei para o homem que era de Botu, e que era a segunda filha de Baba Yero e Aminah-Na.

Wofa Sarpong seguiu o homem, inclinando-se tanto que parecia que ia esfregar o chão e, pela primeira vez desde que cheguei à sua fazenda, senti vontade de rir. Voltei aos meus gorgulhos e pedras.

***

Aprendi sozinha a segurar a respiração embaixo d'água quando eu tinha sete anos. Nenhuma mulher em Botu sabia nadar, mas era como se eu soubesse que teria que prender a respiração muitas vezes. Uma vez, isso fez de mim a menina mais corajosa em toda Botu. As garotas e eu estávamos no poço de manhã cedo para pegar água. De repente, ouvi gritos. Uma palavra emergiu entre o burburinho: crocodilo. Não tínhamos crocodilos no poço. Depois que as garotas correram para fora da água, prendi a respiração e mergulhei. De início, o lodo levantou e turvou a água. Mantive o ar no meu peito enquanto esperava a lama abaixar. A água ficou mais clara e vi pernas humanas embaixo do esconderijo do crocodilo. Levantei a cabeça para fora da água. As meninas estavam gritando.

— Hassana, sai daí! — A voz de alguém, mais alta, flutuava por cima do resto.

Observei o crocodilo se aproximar de mim, olhei para trás e vi Husseina, que tinha comprimido o rosto, pronta para irromper em lágrimas. Depois voltei para o crocodilo, que agora estava mesmo à minha frente. Veríamos quanto tempo esse jogo duraria. Os gritos das meninas tinham se tornado um zumbido nos meus ouvidos: "SAÍ-DAÍ-SAI-DAÍ-SAI-DAÍ". O sol fritava minhas costas. O focinho da criatura cinzenta começou a subir. As meninas gritavam. A pele do crocodilo emergiu, virou-se de lado, e espirrou água para todos os lados, revelando Motaaba com seus dentes grandes. Ele se curvou e riu enquanto eu saia da água e pegava na mão de Husseina. Ela deitou a cabeça em meu ombro e não disse nada durante a volta a pé para casa.

***

Quando Wofa Sarpong voltou após se despedir do inspetor, segurava o chicote que usava no burro. Arrastou-me para longe da minha tigela de painço. Quando ele começou a me chicotear, gritei no início, mas quando ouvi o som feio da derrota saindo de minha boca, prendi a respiração. Os golpes dele não significavam nada para mim. Talvez, apenas me deram o empurrão que eu procurava. Eu não ficaria mais naquele lugar para ser tratada como um dos burros dele. Estava de partida para encontrar Husseina. Aminah poderia ir se quisesse, mas se preferisse ser tratada como um animal, podia ficar.

Mas Wofa Sarpong antecipou meu plano. Antes que eu começasse a tramar minha fuga, ele amarrou a carroça – carregada com nozes-de-cola empilhadas – ao burro e ordenou à Kwesi que me levasse até ela. Aminah jogou-me um galho e disse para mastigar as folhas dele e colocá-las no corpo, pois ajudaria com a dor da chicotada. Por um segundo, pensei em pedir a Wofa Sarpong para que voltasse a carroça e me deixasse ficar com Aminah. Mas quando vi como os ombros do homem estavam curvados e como ele batia furiosamente no burro com o mesmo chicote que me açoitou, gritando "Ko! Ko!", parte de mim estava aliviada que ele me levava embora.

A carroça ribombou sobre as pedras e, algumas vezes, pensei que tombaríamos. A floresta tornou-se mais densa à medida que seguíamos, e eu tinha de recuperar o fôlego. Se ao menos eu pudesse ter fugido com Aminah.

Chegamos a uma pequena cabana no meio de um cercado de palmeiras. Mal tínhamos parado quando um homem alto se curvou para sair pela porta.

— Dogo — Wofa Sarpong falou.

— Wofa, você chegou cedo — o homem alto disse.

— Essa aqui tem cabeça-dura. Ela só vai me causar problemas. Apenas fique com ela.

— Não tenho nada pra trocar aqui. Talvez um pouco de sal.

— Aceito.

Wofa Sarpong desceu da carroça, arrastando-me pelas orelhas, e eu quase caí, mas me segurei e me mantive de pé. Queria cuspir na cara dele, mas certamente ele me bateria e meu corpo já estava muito dolorido. O cercado cheirava a água parada em uma vasilha há muito tempo. Uma galinha ciscava na entrada da cabana, seguida por seus pintinhos.

— Quero a galinha também — Wofa Sarpong disse.

— Preciso dos ovos que ela põe.

— Te trago um bom dinheiro, *massa*, e você fala de ovos.

Outra ave apareceu, um galo cinzento e verde, exibindo-se orgulhoso como um pavão, sem saber que acabaria nas garras maléficas de Wofa Sarpong. Olhei para Dogo, o homem alto, que também compreendeu isto e deu de ombros antes de seguir as demais aves ao redor. Elas grasnaram e cacarejaram, e Dogo levantou-se muitas vezes, sem sucesso, enxugando a testa. Enquanto isso, Wofa Sarpong entrou na cabana de Dogo e saiu com fardos de tecido e algumas ferramentas agrícolas enferrujadas.

— Esse tecido não é meu — Dogo disse, espalmando as mãos para implorar a Wofa Sarpong.

— Diga ao dono pra me procurar —Wofa Sarpong disse, caminhando a passos largos, como o galo que ele estava prestes a tomar.

— Por favor — Dogo continuou, mas Wofa Sarpong o encarou e o homem alto se calou.

Eu quis rir, admirada como um homem tão alto poderia tremer quando o pequeno Wofa Sarpong falava. Dogo estava deixando Wofa Sarpong fazer o que queria; ou Dogo devia algo a Wofa Sarpong ou não era muito esperto.

— Venha pegar a noz-de-cola — Wofa Sarpong disse, como se estivesse falando com um dos filhos.

As galinhas continuavam vagando.

O homem entrou na cabana e voltou com três cestos fundos.

— Ei, você — Wofa Sarpong disse.

Eu não recuei. Esperei um instante e então olhei para ele.

— Hassana.

— Venha pegar a noz-de-cola.

Peguei um cesto e o enchi com os frutos de noz-de-cola da carroça. Do canto do olho, via Wofa Sarpong tentando pegar o galo. Ele deu um salto atrás dele e caiu de cara no chão. Não pude evitar. Gargalhei.

Por fim ele capturou o galo e a galinha, e os pôs na carroça junto com o tecido, as ferramentas e um saco de sal.

— Você ainda tem os pintinhos — Wofa Sarpong disse.

— Eles vão crescer e te dar ovos. Quanto a essa daí... quem vai comprar uma garota cabeça-dura como essa?

— Os homens brancos no Volta ainda aceitam qualquer tipo — Dogo disse. — Não tem mais negócios na Costa do Ouro. Vou pro leste agora.

— Por pouco ela não deixa o inspetor me pegar. Tem que garantir que o *obroni* a leve pra bem longe. Vejo você em breve.

Não quis aprender a língua de Wofa Sarpong, mas nem precisei tentar para entender quase tudo que ele disse.

Wofa Sarpong subiu na carroça e me deixou com Dogo, cujos pés estavam cercados por pintinhos órfãos que tremiam.

***

A noite caiu rápido, cobrindo tudo em tons cinzentos.

— Venha comer — Dogo disse em hauçá, uma das línguas que cresci falando. — Amanhã você conhecerá seu novo senhor.

Saber que ele falava hauçá me fez relaxar o suficiente para sentar e comer a tigela de feijão cozido que ele ofereceu. Ele colocou uma esteira para mim na cabana e estendeu outra do lado de fora para ele.

Naquela noite, meus olhos não conseguiam se fechar. Cada ruído, cada pio de pássaro, cada sussurrar do vento me mantinha acordada. Devo ter dormido quase ao amanhecer.

— Tomo banho primeiro e depois você vai — ele disse, estendendo a cabeça na entrada ao me acordar.

Dogo não era um homem muito esperto. Não era de se estranhar que Wofa Sarpong o tratou daquele jeito. Embora a noite me aterrorizasse, eu poderia ter fugido na escuridão. Agora, para tomar banho, ele estava me deixando sozinha. Julguei que ele havia me olhado e visto uma menininha frágil. Observei pela porta e, quando ele estava fora do campo de visão, esfreguei os olhos para despertar, roubei alguns dos feijões do canto da cabana e os amarrei em um nó na parte de cima do meu tecido. Wofa Sarpong deixou para Dogo apenas três ferramentas agrícolas, incluindo um pequeno facão, que eu peguei.

Dogo cantarolava e jogava água no corpo enquanto eu deslizava para fora da cabana na direção oposta, fazendo o que Aminah e eu deveríamos ter feito juntas há muito tempo. Na ponta dos pés, pisei apenas onde havia terra úmida. Andei rápido e em silêncio, apenas nas trilhas onde eu via pegadas, porque isso me levaria onde havia gente e não à toca de um leopardo. Caminhei e minha barriga começou a roncar. Eu não pensei em como cozinharia os feijões quando os peguei, e feijão cru não mataria minha fome. Continuei andando. Queria correr para o mais longe possível de Dogo, e depois começar a perguntar por esse lugar de água azul onde Husseina foi parar.

Segui a trilha e cheguei a uma parte da floresta onde havia um grupo de palmeiras. Elas não tinham o aspecto desordenado do resto da floresta. Devia ter gente por perto. Não sabia se podia confiar nelas, mas poderia trocar feijões ou o facão por comida e informação, e continuar meu caminho. Enfiei-me entre as árvores e cheguei a um espaço aberto, não muito diferente do complexo de Wofa Sarpong. Mas ali havia também cabanas de tecido branco, não muito diferente do tecido no sonho de Husseina. A semelhança arrepiou a pele do meu braço. Cheguei tão bruscamente que as pessoas que moravam lá pararam e olharam para mim.

Havia umas cinco pessoas, todos homens, três deles mais pálidos do que o feijão branco que roubei de Dogo. Eles pareciam gente, com dois braços e duas pernas, mas a pele deles parecia não ter cor. Dois homens se aproximaram, um deles sem cor. Não conseguia imaginar o que eles fariam comigo, então levantei e brandi meu facão. Isso me deu algum tempo. Eu poderia me virar e correr de volta para Dogo e dizer que me perdi, ou poderia tentar lutar com eles, mas eram muitos. Ou eu podia argumentar com eles.

Eles se mantiveram distantes e o homem sem cor, provavelmente da idade do meu pai, se agachou. Ele colocou as mãos ao lado do corpo e acenou para mim. Eu estava sem saída. Não tinha para onde ir, então deixei cair o facão, apertei os dedos e levei-os aos lábios. Se eles pudessem me

O IMENSO AZUL ENTRE NÓS **19**

alimentar, eu teria energia para ser mais esperta do que eles. O homem sem cor parecia ter me entendido e rosnou algo para o outro homem que estava com ele e usava um chapéu parecido com o do inspetor na casa de Wofa Sarpong. Ele se aproximou e me pegou pela mão, e eu deixei. As palmas das mãos dele eram macias e me fizeram pensar na barriga de uma lagartixa. A confiança é um animal estranho. Deixei o peso da minha mão pousar na dele. Confiei nele.

Ele me levou até a entrada de uma tenda de tecido e me sentou em uma esteira. A tenda estava conectada à terra por cordas e parecia que uma pequena rajada de vento poderia soprá-la para longe. Um rapaz trouxe duas cabaças – uma com pedaços de bananas-da-terra verdes cozidas, a outra com água. Eu mordi a banana, mal mastigando antes de engolir. Meu amigo incolor falou e um homem que se parecia comigo traduziu na língua de Wofa Sarpong.

— Como você se chama?

— Hassana — eu disse, sem nem pensar que dizer isso poderia ser usado para me devolver a Dogo ou a Wofa Sarpong.

— Pra onde você vai?

O que eu poderia dizer a ele? Eu não sabia a palavra para a cor azul. Apenas podia dizer a água.

Os dois homens trocaram palavras, e o intérprete tentou novamente.

— Onde está sua família?

Sacudi a cabeça. Não queria falar. Olhei para a banana e voltei a mastigar. A banana estava praticamente sem gosto, mas com um leve adocicado que a deixava gostosa.

Em toda a aldeia, as pessoas saíram das tendas como formigas antes do temporal. Mulheres e crianças olhavam para mim como se eu tivesse caído do céu. Decidi apenas comer minha banana. Depois disso, eu os agradeceria e seguiria viagem. Uma mulher trouxe outra cabaça para mim, com *nkotomire*, um cozido verde de folha de inhame que as mulheres de Wofa Sarpong costumavam cozinhar. Tinha sobrado apenas um pedacinho de banana-da-terra, então eu o parti e mergulhei meus dedos no caldo verde e saboroso, lambendo os dedos. Ouvi risinhos. Crianças, mais novas do que eu, aproximaram-se e apontaram para mim, rindo. Mostrei meus dentes e elas gritaram e correram para as suas mães. Não sei por que fiz isso. Mergulhei meus dedos no *nkotomire* e senti o gosto do óleo de palma usado para fritar o molho, das cebolas douradas, da folhagem do *nkotomire* e o forte salgado da tilápia seca.

— Ela é grosseira — ouvi uma das mães dizer, sugando os dentes em desprezo.

Naquele momento, resolvi enterrar no peito o fato de que conseguia entendê-los. Iria me fazer de boba e usar isso para me alimentar. Quando eu entendesse onde estava e para onde precisava ir, fugiria.

Lambi os dedos de óleo de palma e cozido, e, do nada, um arroto alto e rotundo escapou da minha garganta. Então me dei conta: gostei da refeição. Ou estava bem temperada, diferente das comidas de Wofa Sarpong, ou eu tinha começado a sentir gosto novamente. Levantei-me com as duas cabaças. Os homens sem cor estavam reunidos perto de um objeto que parecia a roda da carroça de Wofa Sarpong. Tudo era estranho ali — as casas, a cor das pessoas —, mas tomei coragem. Dirigi-me à mulher que me trouxe o ensopado, ajoelhei-me no chão diante dela e espalmei minhas mãos para mostrar gratidão.

— Está tudo bem — a mulher disse, pegando as cabaças e acenando para mim.

O homem incolor mais velho voltou e abriu a porta da tenda de tecido dele. Ele uniu as mãos e as pressionou contra a bochecha, fechando os olhos. Dormir, ele estava sugerindo. A última coisa que eu queria fazer era dormir, mas fiz como ele falou, entrei e me deitei no tapete. Percebi que não peguei meu facão. Antes que eu pudesse protestar, o sono caiu sobre mim e engoliu-me com sua pelagem morna e escura.

Estamos no poço, um bando de meninas. Ela se senta na margem e mergulha os dedos dos pés na água. Eu mergulho e saio, acenando para ela, na beira. Venha, eu aceno. Ela dá de ombros. Venha, eu insisto. Ela se recusa. Continuamos assim, até que eu a puxo para dentro d'água. Primeiro os seus pés tocam no leito da lagoa, depois a arrasto mais para dentro. Ela afunda e se debate, lutando para respirar. Ela é tragada pela água e desaparece.

Formas pesadas pairando sobre mim me acordaram. Eu estava sonhando com Husseina, como sempre acontecia, mas não era o sonho dela. Esses sonhos exigiam algo de mim, mas eu ainda não havia descoberto o que era. Esforcei-me para acordar e percebi que o rosto mais próximo do meu era o de Dogo. Quase gritei. Ele cobriu minha boca e me arrastou para fora da cabana.

— Por que você fez isso? — ele me disse.

Olhei em volta e tentei chamar a atenção do meu amigo. Ele estava olhando para Dogo. O que Dogo disse a eles? Por que eu acabei dormindo? Isso foi muito tolo da minha parte.

— Você não pode fugir assim. Você me pertence — Dogo sussurrou.

Talvez se eu o acusasse de algum crime, de Dogo me tratar como Wofa Sarpong tratava minha irmã, entrando sorrateiramente no quarto dela, essas pessoas entendessem. Arregalei os olhos para Dogo. Então, novamente, Wofa Sarpong tentou dizer que éramos a família dele e não seus escravos. Deve haver algo de errado em ser escravo de alguém.

— Não — comecei. — Não, não, não. — Levantei minhas mãos e cobri os olhos. Então, espiei pelo espaço entre meus dedos.

— Deixe-me levar minha filha e ir embora — Dogo disse.

— Eu sou escrava dele — gritei na língua de Wofa Sarpong. Para minha surpresa, meu amigo sem cor, que não era um homem magro, disparou em alta velocidade e agarrou Dogo pelo pescoço, erguendo-o. Dogo tentou dizer algo, mas a voz permaneceu estrangulada na garganta. O homem sem cor também era mais baixo que Dogo e, ainda assim, Dogo estava pendurado, sendo sacudido de um lado para o outro como os bonecos com que Husseina e eu costumávamos brincar. Então, ele soltou Dogo.

— *Pikin dey lie* — Dogo finalmente conseguiu dizer. Ele disse tantas vezes que ficou gravado para sempre em minha mente. — Ela, minha *pikin*. — "A criança está mentindo", eu entenderia mais tarde. "Ela é minha filha."

— Some daqui! — o homem sem cor gritou, além de uma enxurrada de outras palavras pesadas da própria língua contra Dogo.

Dogo me encarou antes de se virar e sair. Seu rosto não estava com raiva, mas marcado com descrença e tristeza pelo que eu acabara de fazer. Era como se alguém tivesse apertado meu coração. O homem errado estava pagando pelo crime. Não deveria ser Dogo nas mãos do homem incolor, mas Wofa Sarpong. Deveria ser os homens que incendiaram minha aldeia e mataram metade da minha família. Mas, disse a mim mesma, por se associar a Wofa Sarpong, Dogo merecia me perder.

Fiquei sabendo que o homem que se tornara meu protetor se chamava Richard Burtt. Ele me deu uma cabana de tecido própria e não deixou que eu pegasse meu facão de volta, mas eu sabia que ele estrangularia um homem para salvar minha vida. Desde aquele dia, em todos os lugares que ele foi, eu o segui. Comemos juntos no mesmo prato, por insistência minha, porque não queria ser envenenada pelos aldeões que me olhavam com desconfiança. Logo, percebi que as pessoas na vila também precisavam de Richard – a presença dele os mantinha seguros – então eles geralmente me deixavam em paz.

Todas as noites, quando eu ia dormir em minha cabana de pano – tenda, Richard me corrigia –, desejava que o sonho de Husseina voltasse. Queria fechar meus olhos e me perder no mundo dos sonhos dela. Então, apertava os olhos com força, cerrava a mandíbula, puxava os joelhos contra o peito e esperava que o sono viesse com seu poder envolvente. Quando finalmente acontecia, soltava meu abraço apertado e desacelerava a respiração, embalando-me no abraço caloroso do sono, mas os sonhos que surgiam não eram os sonhos dela; eram sonhos que falavam do passado.

Eu acordava, às vezes no meio da noite, e saía da minha tenda. Todas as noites, havia uma pessoa diferente guardando a aldeia. Nunca um do povo de Richard. Sempre pessoas com a mesma pele que a minha. Richard me disse que as pessoas com a minha pele eram chamadas de "negras" e as pessoas com pele sem cor eram chamadas de "brancas". Eu discordei, já que minha pele era mais avermelhada que preta e as pessoas nesta parte de Kintampo eram de um marrom profundo. Quanto aos que chamávamos de brancos, achei que eram rosa. Quando contei, ele riu.

Eu estava aprendendo coisas com Richard que facilitariam meu caminho para encontrar Husseina, eu tinha certeza. Richard esteve no que ele chamou de "a Costa do Ouro" para estudar plantas e descobrir o que poderia ser usado para tratar doenças. Ele colocaria tudo o que encontrasse em um livro e, enquanto eu o seguia, carregava uma caixa com compartimentos nos quais ele jogava amostras de folhas. Aprendi nomes de plantas em twi e nomes que Richard disse serem científicos. Nomes em inglês, idioma dele. Ele me ajudou a plantar feijões que, em poucos dias, se transformaram em mudas. Eu me senti como se tivesse gerado uma vida. Ele tinha deixado a esposa e duas filhas em uma terra chamada Grã-Bretanha para prestar serviço ao país. Era uma coisa nobre o que ele estava fazendo, estar voluntariamente separado de sua família. Não me afastei de Aminah da mesma forma – eu só precisava encontrar Husseina.

Durante o sono da tarde, momento em que todo o complexo ficava em silêncio, muitas vezes eu ficava acordada, olhando para a linha formada pela junção dos dois pedaços de pano que armavam minha tenda, ou saía para olhar meus pés de feijão. Então, memorizava tudo que aprendi, repetindo palavras, para que saíssem da minha língua como se eu tivesse nascido com elas.

— Não está certo — uma mulher me disse em uma tarde, quando eu estava tocando o primeiro fruto que havia crescido na minha planta. Ela se chamava Ma'Adjoa e foi quem me alimentou no meu primeiro dia na vila.

— Você é uma menina; ele é um homem. Você está se expondo pra que coisas ruins aconteçam. Venha e fique comigo.

Os pequenos costumavam cantar que Ma'Adjoa havia comido os filhos dela no próprio ventre. Eu estava com medo de que fosse verdade, mas me compadecia por ela. Não parecia certo uma pessoa ser condenada por toda a aldeia, então, para agradecê-la, almocei com ela e jantei com Richard. Mas continuei dormindo na minha tenda.

Cerca de três luas cheias depois que fui adotada por Richard, eu estava sentada do lado de fora da tenda. Richard havia rabiscado letras na areia. Ele pegou a vara que usava quando ia para a floresta em busca de plantas e apontou para a primeira letra, G.

— Gê — pronunciei.

Para a próxima, disse "ah", então "tê" e, finalmente, "ó".

— Junte tudo — Richard disse.

— Gato.

Ele escreveu outra palavra. Lutei, mas consegui ler "cão" e "rato".

Richard largou a vara e bateu palmas fortes, agarrou-me no ar e disse:

— Garota esperta!

Eu me senti muito orgulhosa. E, no entanto, não tinha ideia do que havia lido.

— Precisamos conseguir livros pra você em Acra — ele disse. — Pedirei ao próximo camarada que vier.

Gostei de aprender o inglês de Richard. Carregadores levaram os livros que Richard encomendou para mim. Os livros eram feitos de um tipo de tecido muito frágil. A primeira vez que toquei em um deles, puxei com muita força e ele rasgou.

— Trate-o como um ovo — Richard disse.

Eu o ouvi e comecei a proteger os livros, como uma mãe galinha, a tal ponto que, quando as outras crianças da aldeia tentaram tocar os livros, bati nos dedos delas com a vara de Richard. Se eu já não era delicada o suficiente, que diria essas crianças analfabetas? Richard me chamou de "a prefeita dos livros".

Kwasidas, os domingos, se tornaram os meus dias favoritos. Havia outro homem branco que chamávamos de Osofopapa, a quem Richard chamava de padre, que andava pela manhã fazendo barulho com um copo de metal de cabeça para baixo para fazer com que as crianças e os adultos se juntassem a eles. A primeira vez que participei, fui porque Richard disse que eu aprenderia sobre um Deus que é bom.

— Quem é o seu Deus? — perguntei a ele.

— O criador de toda a vida. Ele é a razão por que temos fôlego, por que existem animais e plantas e rios e florestas. Ele está aqui e ali e em todo lugar.

O Deus dele e Otienu pareciam semelhantes. Eu queria fazer muitas perguntas a Otienu sobre por que ele deixou coisas tão ruins acontecerem com minha família, mas eu tinha certeza de que deixamos Otienu para trás em Botu, e é por isso que ele era diferente do Deus de Richard; ele não estava aqui e ali e em todos os lugares. Queria saber se esse Deus bom poderia responder às minhas perguntas.

Naquele primeiro dia, Osofopapa levou um livro grosso, mais grosso do que qualquer um dos que Richard havia me dado, e ele falou a maior parte do tempo em twi, então algumas partes da história permaneceram obscuras para mim. Aprendi que antes de o mundo começar, ele não tinha cor, som, sabor, forma ou cheiro. Era tudo escuridão até que o Deus deles disse: "Haja luz". Então, da terra, ele fez as pessoas. A mensagem não falou comigo e quase não voltei no segundo *kwasida*, porque nem mesmo conseguimos fazer perguntas a Osofopapa. E eu poderia simplesmente perguntar a Richard, que não tinha uma aparência tão rígida quanto Osofopapa, com seu colarinho e cabelo brancos. Mas foi bom ter ido – era como se Osofopapa soubesse que precisava encontrar uma história para me manter interessada. Primeiro, ele começou a falar sobre *ntaafuo*, e eu não sabia o que ele queria dizer até nos contar que uma mulher chamada Rebecca tinha dois bebês se empurrando por espaço em uma barriga. Desejei então que meu twi fosse melhor, para poder entender toda a história. Os dois meninos se tornariam duas terras. Um nasceu vermelho; o outro estava segurando o calcanhar do primeiro. Yakubu e Esaú. Meu coração disparou. Em Botu, éramos as únicas gêmeas que conhecia. Eu não conheci mais nenhum gêmeo desde então. Quando ele disse que eles seriam separados, tive vontade de me levantar e gritar: "Foi isso que aconteceu comigo e com Husseina". Eu queria perguntar: "Eles voltaram a se reunir?". Devo ter soltado grunhidos altos demais, porque de repente todos estavam me olhando. Eu lancei meus olhos para a esquerda e para a direita e encarei Osofopapa. Eles não sabiam o quão importante isso era.

— Os irmãos sempre lutariam — Osofopapa disse. — As terras que comandavam estariam sempre em guerra.

Às vezes brigávamos, mas nosso relacionamento não era assim. Eu protegia Husseina.

Nossa avó disse que eu saí primeiro, gritando tanto que eles tiveram que cobrir minha boca. Ela disse que iam preparar as ervas para limpar Na, mas pouco antes de começarem o processo de fervura da água, outro bebê saiu. Ela estava tão quieta que pensaram não estar viva. Só quando minha avó a beliscou ela soltou um pequeno grito.

— Onde fica o lugar com a água azul? — perguntei a Richard, depois do sermão com os gêmeos.

— Água azul? — Ele balançou a cabeça.

— Tem palmeiras altas e água azul como o céu. Talvez haja mais água do que terra.

— Certamente não é Acra. A água ali não é nem um pouco azul. Você é estranha. De onde tirou essa imagem? De um de seus livros?

Balancei a cabeça.

— Minha irmã gêmea está lá.

Os olhos de Richard se arregalaram. Ele me olhou como se eu tivesse me transformado no homem insano que foi pegar a água do homem branco.

— Como Yakubu e Esaú — disse. — Eu tenho uma *ntaa*.

— Ah — Richard disse.

— Eu vou encontrá-la.

Richard riu com a mão na barriga, então disse o que estava pensando desde o início.

— Você ficou louca. Muitos lugares têm água e coqueiros.

— Onde, por exemplo?

Lembro-me de não piscar. Não havia nada que ele pudesse dizer para mudar minha opinião. Ou ele me ajudaria ou eu mesma encontraria o caminho até um lugar com coqueiros. Ele me pediu para lhe contar mais sobre Husseina e como nos separamos.

— Nessa época, a escravidão já era ilegal aqui na Costa do Ouro. Então, ela provavelmente desceu a região do Volta, e depois foi para a costa — Richard disse. — Se o que você diz não é uma história maluca de faz de conta, estou indo para a Missão Basileia pra fazer um trabalho no Volta... isso pode levá-la pra mais perto da costa.

— Sim — concordei.

capítulo três
HUSSEINA

A manhã estava úmida e a fina capa que Husseina vestia agarrou-se ao corpo dela enquanto se sentava em frente à casa de Baba Kaseko. Ela assistia a um desfile de mulheres adornadas com blusas brancas e saias grossas que cantavam e dançavam. Um sol tímido espreitou as casas da rua Bamgbose, como se esperasse a hora certa para soltar o calor sobre os expectadores da procissão. Husseina aplaudiu sem perceber. A música infiltrou-se em seus ossos. Era tão bonita. Fez com que ela se lembrasse das caravanas que chegavam à sua aldeia, com a diferença que esta tinha apenas pessoas vestidas com roupas brilhantes, sem animais. Além disso, estas pessoas não estavam apenas de passagem. Elas estavam ali para serem vistas. Acenavam de um lado a outro, perpassando uma multidão que crescia cada vez mais conforme seguiam rua acima. As pessoas tinham saído das próprias casas, assim como ela, e as que moravam em *ile petesi*, casas de dois andares, inclinavam-se das janelas do andar de cima para acenar à procissão.

As cores das saias eram esplêndidas. Prateados brilhantes e dourados, rosas e azuis, uma explosão do arco-íris. Atrás delas, os percursionistas batiam nos couros dos seus tambores, produzindo a música mais profunda que ela já tinha ouvido. Pareciam seguir em direção à praça Campos, um lugar pelo qual ela passou a caminho do mercado Agarawu. Husseina desejava seguir a procissão, mas não queria problemas com Baba Kaseko, então apenas sentou-se e assistiu. O que ela não daria para poder dançar como as meninas. Poder vestir roupas tão coloridas, ser livre.

Os tambores batem, ecoam, estrondam novamente, e chamam por ela. A batida deles cresce em um ritmo constante e enche sua cabeça. Todos os pensamentos dela são um só com a música dos tambores. Como se os tambores fossem uma voz que a chamasse: "Venha". Levada pela voz que está, ao mesmo tempo, dentro e sobre ela, flutua ao som do tambor, como se estivesse no ar. A música controla seus membros. Ela parece ser a única pessoa ao redor dos tambores. O corpo dela absorve o calor da música, girando à medida que o volume aumenta e desacelerando quando a batida muda de ritmo. Seu corpo gira. E ela se sente, finalmente, livre. Livre do medo que sempre a seguiu. Do medo que a escolheu. Do medo que muitas vezes a impede de falar o que pensa e a deixa lutando para encontrar as palavras certas, que muitas vezes a deixa em lágrimas. Um medo que é tão sufocante que, mesmo agora, enquanto ela eleva-se acima dele, não consegue se livrar completamente. A música faz com que o medo fique longe, mas ela não é capaz de afastá-lo por vontade própria para sempre; ela apenas o mantém a distância. Este medo tem sido o seu companheiro constante. Mas, pela primeira vez, ela sente uma pequena lágrima entre ela e esta coisa que a dominou todos os anos de sua vida, desde que tinha memória. Ela quer saltar para os céus, finalmente armada com uma maneira de se livrar dessa coisa, mesmo que temporariamente. O ritmo fica mais lento. O peito dela produz a própria música mais agitada. Ela respira profundamente e cai.

Ela acordou rodeada por um farfalhar de algodão branco. Não estava sozinha na sala. Nem sequer havia percebido que tinha flutuado para um quarto. Saias longas e fluidas, leves como penas, esvoaçavam perto dela e uma parou, abaixou-se e se acomodou perto dos pés dela. Depois olhou fixamente para o rosto largo e de queixo pequeno de uma mulher que parecia tão velha quanto sua própria avó. Era o rosto do amor, com um lenço branco e rígido adornando a cabeça. Ela era a mulher que Husseina tinha visto liderar a procissão. Cantarolando, a mulher pegou um pano molhado e pressionou-o contra a testa da Husseina. O batuque tinha parado. Husseina, pelo canto do olho, viu que outros tinham caído em feitiços semelhantes, e também estavam sendo socorridos por outras mulheres de branco.

— Filha de Iemanjá — a mulher sussurrou, puxando Husseina para o próprio peito e envolvendo-a num abraço caloroso. — Iemanjá não escolhe muitas pessoas.

Husseina não queria que ela a soltasse. Foi um abraço que lhe dava esperança.

— Ela é uma das *erú* do Baba Kaseko — alguém na sala disse. — Deve ser forte pra estar aqui. É um homem perverso.

Forte era uma palavra que ninguém nunca tinha usado para a descrever. Leal, talvez. Reservada, definitivamente.

Forte era uma palavra que ela ouviu referindo-se ao destemor da irmã gêmea, e para a mãe, que lidava com tudo o que lhe ocorria, mantendo a cabeça erguida. E, ainda assim, ela sempre suspeitou que *ela* era forte. Talvez um tipo diferente de forte. Afinal, quando os homens maus a cavalo a separaram de Hassana, depois de terem viajado juntas numa caravana, ela não chorou. Parecia que sua sombra havia sido tirada e Husseina se viu sob o sol em um dia particularmente quente. No entanto, à medida que os dias foram passando, e que a imagem da irmã foi ficando cada vez menor, ela começou a aceitar onde a vida a levou. Isto, decidiu ela, era uma oportunidade para florescer. Assim, ela foi onde seus captores lhe disseram para ir, enterrando na mente os horrores que ela e sua família tinham sofrido, e dizendo a si própria para tentar não chorar. E não chorou quando acabou no mercado da Salaga e quando Baba Kaseko apontou para ela e outros cinco e os levou por um rio de correnteza forte, onde, às vezes, elefantes nadavam perto do barco deles. E quando tinham de caminhar dias a fio, carregando cestos cheios de nozes-de-cola. Nem quando chegou, desorientada e com os pés rachados, na cidade de Lagos, onde Baba Kaseko tinha construído a grande casa dele. Lagos pareceu ser o seu destino final. Tinha vendido a maioria dos outros escravizados, tal como as nozes-de-cola. Ela era a última. Ela seria a escrava de Baba Kaseko. Acordava todos os dias, encontrava a voz para cantar, obrigava-se a aprender a língua de Baba Kaseko e da família dele, obrigava-se a fazer tudo o que lhe era pedido, mesmo quando Baba Kaseko lhe deixava o corpo cheio de vergões com as chibatadas.

Percebendo onde estava, levantou-se e fugiu para a casa de Baba Kaseko, antes que alguém reparasse que ela não tinha sido enviada para uma incumbência e estava desaparecida.

Mais uma vez, ela estava preenchida pela música dos tambores. Três luas tinham passado desde a primeira vez que aconteceu e ela evitava andar pela casa sempre que ouvia o primeiro bater de um tambor. O que ela não sabia era que a canção que ouvia não foi tocada durante todo aquele tempo.

Ela estava nos fundos da casa de Baba Kaseko, limpando o cômodo onde se tomavam banhos, acre com o fedor da urina, quando os tambores lhe chamaram mais uma vez. Ela flutuou ao som dos tambores e acordou novamente cercada de branco.

— A filha de Iemanjá voltou — a senhora que parecia uma avó disse. Ela saiu do abraço e olhou profundamente nos olhos de Husseina. — Iemanjá te mandou de volta pra mim. Pobre menina, ter de ficar com aquela piada de homem *egba*. Eu sou Yaya Silvina. Gosta de Baba Kaseko? Quer vir ficar comigo? Você será livre aqui.

Husseina queria dizer não à primeira pergunta e sim à segunda com a cabeça, mas não tinha certeza de como seria – talvez achassem que ela estava dizendo que não queria ficar se balançasse a cabeça primeiro, então ela atirou o próprio corpo contra a velha senhora e deixou a mulher envolvê-la em outro abraço.

A idosa vacilou, tirou os joelhos do chão, e se levantou usando o corpo de outra mulher como apoio. Ela ofereceu os dedos para Husseina, e elas saíram da casa. Husseina viu detalhes que tinha deixado passar enquanto a música a encantara. Havia muitos vasos de plantas alinhados à entrada, e o piso do complexo não era arenoso como na casa de Baba Kaseko, mas duro, verde e disposto em formas que faziam Husseina sentir como se devesse saltar de um para o outro.

O IMENSO AZUL ENTRE NÓS   **35**

Elas saíram para a rua e viraram à esquerda. Husseina ficou satisfeita por Yaya Silvina não perder tempo. Era impossível não comparar a casa de Yaya com a de Baba Kaseko. A *ile petesi* de Yaya era como duas casas empilhadas uma sobre a outra, e era alta e imponente em comparação à casa de um andar de Baba Kaseko. A porta da casa dele estava caindo aos pedaços, e enquanto a de Yaya estava pintada de branco brilhante, a de Baba Kaseko nunca tinha visto sequer uma demão de tinta. Husseina achava que a casa de Baba Kaseko era grande. Não mais.

Yaya bateu palmas, para anunciar a própria presença.

A filha mais velha de Baba Kaseko saiu, segurando uma bacia metálica com tomates, e, ao ver Yaya, colocou a bacia no chão e fez uma reverência.

Husseina escondeu-se atrás de Yaya com o coração acelerado.

— Chame seu pai — Yaya disse.

Em menos de um minuto Baba Kaseko saiu do quarto, apertando o cordão da *shokoto* branca abaixo da barriga reta, e esfregando a crosta de sono dos olhos. Aquele homem amava dormir! Ele conseguia dormir três vezes por dia. Ele era pelo menos duas cabeças mais alto do que Yaya, que mal cobria Husseina.

— A menina fica comigo agora — Yaya disse.

Baba Kaseko fixou os olhos em Husseina. As veias dos olhos dele pareceram se multiplicar, mas ele não disse nada. Quanto mais tempo permaneciam, mais Husseina temia que o homem pegasse seu chicote e o usasse tanto em Yaya como nela própria.

— Esta menina, ela é uma pessoa, não uma noz-de-cola — Yaya disse.

— O quê?

— O advogado Forsythe é meu bom amigo. Ele não perde casos e a menina está pronta pra depor contra você. Ela vai levá-lo ao tribunal de escravizados. O homem se virou e saiu sem dizer uma palavra. Husseina ficou surpresa. Esperava um jogo de palavras, da forma como as pessoas faziam no mercado. Ela esperava que Baba Kaseko a arrastasse para dentro e dissesse a Yaya Silvina para sair da vista dele. Por que foi tão fácil? Ou assim pensavam Husseina e Yaya.

Mas antes dos problemas com Baba Kaseko começarem, Yaya teve muito a fazer com Husseina. Para que as pessoas não questionassem quem era Husseina, Yaya a fez ser batizada na igreja de pedra no final da rua Bamgbose. Ia se chamar Vitória. Yaya disse que quanto mais rápido Husseina aprendesse uma profissão, mais rápido aprenderia a ser livre. Yaya disse que não era uma coisa fácil de fazer depois de ter alguém para lhe dizer quando comer, dormir e respirar. Yaya sabia disso porque também tinha sido escravizada, numa terra chamada Bahia.

Husseina começou a aprender a costurar como Yaya e a aprender a nova religião, o Candomblé, e seus novos deuses, os orixás. Ela era uma filha da casa, uma casa cheia de novidades. A mesa grande e larga o suficiente para acomodar cerca de dez pessoas à volta dela e com cadeiras com apoio para as costas, era novidade para Husseina. Em Botu, e mesmo na casa de Baba Kaseko, todos se sentavam em bancos ou no chão e em volta de uma grande tigela para comer no pátio. Na casa de Yaya, a primeira vez que ela teve de comer na própria tigela, ela não sabia como começar. A filha adotiva de Yaya, Tereza, estava prestes a mergulhar um utensílio que lembrava um ovo, que segurava entre os dedos, na própria cumbuca com sopa de *eba* e *egusi*. Ela se perguntou porque não usavam as mãos como todo mundo e, como se Tereza pudesse ver a dificuldade de Husseina, ela disse:

— Imagine que você vai cavar a terra para plantar sementes. — Husseina aprendeu depressa, e logo começou a apreciar o fato de não ter de sujar as mãos quando comia.

O espaço dos cômodos também era novidade. Havia o pequeno pátio repleto de plantas, quando se entrava pela porta da frente, o que parecia meramente decorativo, pois a maior parte da vida acontecia no interior. Husseina estava habituada a viver na parte de fora e só entrava para dormir. No andar de baixo, em frente à sala em que comiam, ficava o grande salão onde aconteciam as giras. Yaya realizava uma cerimônia quase todas as semanas, aos sábados. Husseina limpava o cômodo antes e depois de cada uma delas, e aprendia os pontos; pelo menos, os cantarolava. Ela esvaziava os pratos que tinham sido deixados em vários cantos para os diferentes orixás, uma tarefa da qual não gostava muito, porque ficava preocupada em fazer algo de errado ou ofendê-los. Havia um pequeno quarto ao lado do salão cerimonial em que Husseina não estava autorizada a entrar. Era onde as roupas dos orixás eram guardadas. Ela adorava o momento em que pessoas que tinham recebido um orixá iam se vestir, e depois dançavam como o orixá. Ela se perguntava como seria ser escolhida pelos Deuses.

A sala ao lado, à direita do pátio, era para receber visitantes, e o último cômodo, nos fundos, era a cozinha. O banheiro era dentro da casa, e não fora. E Yaya Silvina deu à Husseina o seu próprio quarto, no segundo andar. Tinha uma cama elevada, na qual a Husseina se afundou. Sentia-se como se tivesse voado para o céu e adormecido sobre uma nuvem espessa. A mesma cama foi invadida por pequenas formigas vermelhas algumas noites após ela se ter mudado para a casa. Ela se jogou na cama e de repente sentiu como se a pele dela fosse espetada por mil agulhas. Tereza a ajudou a bater o colchão, e Yaya a repreendeu por levar comida para a cama. Ela não tinha comido nada lá.

As formigas não a impediram de amar o quarto. Ele também tinha uma grande janela que dava uma visão abrangente da rua Bamgbose. Ela adorava colar a testa na vidraça e ver mulheres e homens indo e vindo. Às vezes eram pessoas como Baba Kaseko, com panos simples pendurados sobre os ombros; às vezes um homem branco vestido com o que parecia ser três camadas de roupa; outras vezes mulheres que se vestiam todas de branco, como Yaya, ou semelhantes à maneira como Husseina se vestia em Botu, com um quadrado de pano enrolado em volta do corpo. E tinha os animais. Ela gostava dos cavalos presos em carroças à espera dos donos. Os porcos eram engraçados. Lembravam-lhe as pessoas, pela forma como os filhotes perseguiam as mães para obterem o leite dela, e como as mães, exaustas, às vezes os afastavam. A janela da casa de Yaya era um presente. No início da noite, antes de ter que ajudar com o jantar, ela observava as pessoas acendendo as lamparinas enquanto se preparavam para vender comida à noite, e como a rua se iluminava com os enormes postes em forma de vela que davam um brilho diurno para a noite. Ela observava como as pessoas regressavam ao final do dia de trabalho, algumas delas já bêbadas quando voltavam para casa, especialmente um homem que chamavam de Pirata Perna-de-pau, ele sempre chegava mancando em casa. E havia as mulheres que começavam a sair dos lares enquanto todos os demais estavam chegando em casa. Às vezes, Tereza observava a rua com ela, preenchendo os espaços em branco que tinham passado pela cabeça de Husseina. Tereza contou que aquelas eram mulheres da noite.

— Você quer saber o que elas fazem? — Tereza perguntou, com um brilho no branco dos olhos.

Husseina acenou com a cabeça.

— Vou te contar quando você tiver idade suficiente — Tereza riu e bateu na coxa.

Tereza era falante e barulhenta, então Husseina tinha certeza de que um dia ela contaria tudo e, então, Husseina aprenderia. Ela podia olhar pela janela por horas, mas na maioria das vezes, assim que era sugada por uma história, Yaya a chamava para fazer algumas bainhas.

Husseina corria atrás de Yaya enquanto elas rodeavam o mercado de Agarawu, no início da manhã de um sábado. Havia completado um mês que ela morava com Yaya. Husseina conhecia bem o mercado de Agarawu, porque Baba Kaseko frequentemente a enviava lá para comprar alguma casca de árvore ou uma mistura malcheirosa. Às vezes, assim que ela chegava em casa, outra cesta era empurrada a ela para que buscasse mais itens. Husseina sempre ia sem reclamar, mesmo sendo uma longa caminhada. No mercado, ninguém prestava atenção nela, então ela ficava feliz em voltar e ver as diferentes mercadorias, vivas e mortas, sendo vendidas. Gaiolas de pássaros – verdes, amarelos, de todas as cores. Pequenas e grandes mãos nodosas e secas de macacos e

40 *Ayesha Harruna Attah*

roedores mortos. Algumas coisas eram impossíveis de identificar. Se Lagos era o cheiro de terra antes da chuva, no mercado de Agarawu esse cheiro desaparecia, enterrado sob o fedor de animais, vegetais podres e suor.

Yaya Silvina, vestida de branco e com um lenço branco em volta da cabeça, acenava para um, parava para dizer olá a outro, e elas vagaram por todo o mercado antes de parar em frente a uma esteira preenchida com uma variedade de tecidos que brilhavam ao sol da manhã. Ela se apoiou em Husseina, também vestida de branco, ajoelhou-se, e começou a segurar e a esfregar os tecidos entre os dedos. Ela pegou um deles, tão azul quanto o céu, e o estendeu contra o sol. A auréola do sol estava nítida de onde Husseina olhava – era muito transparente. Ninguém tinha chegado ainda para atendê-las, então Yaya continuou pegando diferentes tecidos e segurando-os contra o sol, até que ela encontrou um tecido verde, opaco o suficiente para bloquear os raios solares. Então, pegou outro que mal ocultava o sol, um que poderia ser o próprio sol com o brilho dourado que tinha. Yaya procurou uma gama de tecidos verde e dourado. Ela olhou em volta – ainda assim, ninguém tinha aparecido.

— Onde está esse homem? — Yaya disse, com a mania de falar em português quando irritada.

Elas se levantaram e percorreram com o olhar o mercado repleto de diversos guarda-sóis dispostos pelo jardim. Husseina amava especialmente o som daquele lugar. As vozes de milhares de pessoas tentando fazer um bom negócio, e muitas outras tentando vender seus produtos. O ritmo da percussão distante. Os balidos de ovelhas e cabras, provavelmente amarradas, esperando para serem vendidas como carne. O canto alto, provavelmente de alguém cujo cérebro estava cansado de viver na realidade e tinha encontrado um novo lugar para viver.

Um pequeno corpo corria na direção delas, segurando um pedaço de pano e, quando chegou perto, não era tão pequeno. Era bem mais alto que Husseina e Yaya, mesmo quando encurvado para recuperar o fôlego.

— Bom dia, Yaya — ele disse, entre arquejos. — Alguém tentou roubar meu algodão. Ele sacudiu o tecido dobrado em um pequeno quadrado.

— Eu quase fui no seu concorrente — Yaya disse. — Por este pequeno pedaço, você quase perdeu sua cliente.

— Ah! Não diga isso.

Yaya retirou da pilha os dois tecidos que escolheu e mostrou-os ao vendedor.

— São do Brasil? — ela perguntou.

— Não precisava perguntar. Brasileiro certificado.

— Eu te dou uma libra por eles.

— Traga mais dinheiro.

Eles continuaram negociando, Yaya propondo um preço e o comerciante tentando aumentá-lo, até que o comerciante cedeu e pegou as moedas de Yaya.

Yaya enganchou o braço em Husseina e elas seguiram para uma mulher que vendia cabaças cheias de botões. Yaya se inclinou e pegou um punhado de botões, linha e contas. A cliente de Yaya – uma brasileira que se casaria com um advogado saro – queria um casamento que ofuscasse todos os outros casamentos de Lagos. Os saros vinham de um lugar chamado Serra Leoa, e Tereza disse a Husseina que frequentemente havia muita competição entre sua comunidade e os saros. A mulher queria que a nova família dela soubessem que os brasileiros não podiam ser superados.

Quando chegaram em casa, Yaya atravessou a porta carregando o tecido. Husseina a seguiu com uma cesta de contas e botões. Quando estava prestes a fechar a porta, algo se estatelou no chão do lado de fora da entrada. Era um roedor, um rato ou esquilo, seco como os que tinha visto no mercado. Parecia duro como pedra e o cheiro putrefato subiu. Ela queria chutá-lo para longe de si, mas as garras ensanguentadas estavam para fora, como se estivesse arranhando algo antes de ser morto. Provavelmente seria melhor não tocar. Alguém o jogou nelas? Ela olhou para cima, e algumas pessoas estavam indo embora em direção à praça Campos. Nenhuma delas olhou para trás. Ela fechou a porta, imaginando se deveria contar a Yaya sobre isso.

— Vitória! — Yaya gritou. — Temos trabalho a fazer.

Lagos tinha sua cota de ratos, mas era estranho que um deles caísse do céu. Talvez não fosse importante, ela se convenceu, embora tivesse um palpite do que poderia ser – mas, às vezes, era mais fácil ignorar. A criatura podia simplesmente ter ficado presa no espaço entre a porta e o batente. Yaya tinha coisas mais urgentes para lidar do que um rato morto.

As duas semanas seguintes foram ocupadas com cortes, costuras, acabamentos, bainhas, pregas e pontos no vestido de casamento e também em vestidos de algumas convidadas. Husseina ficou maravilhada com a máquina que Yaya usou para costurar. Ela poderia fazer um vestido inteiro em menos de três horas com aquilo. Ela pensou em seu pai e como, com uma máquina como esta, ele poderia produzir pelo menos dez sapatos no tempo que levava para fazer um. *Onde estaria baba?* E a mãe? Onde estariam seus irmãos e a irmã gêmea? Ela não cederia a essas perguntas. Em vez disso, ela preenchia os dias com o máximo de atividade e observação de janelas que podia, porque tinha certeza de que não havia uma resposta fácil para qualquer uma dessas perguntas. Felizmente, havia tanta coisa para fazer, e ela não foi absorvida pelos seus pensamentos tristes.

Dois dias antes do casamento, a sala de jantar de Yaya foi invadida por corpos experimentando seus vestidos. Husseina observava, refletindo como essas mulheres eram diferentes entre si. Algumas arrancavam as roupas na frente de todos, outras se escondiam em cantos para delicadamente se desnudarem. Todas falavam português à vontade, e algumas ainda eram tão escuras como a noite; outras eram avermelhadas como sua irmã, Hassana, e outras tinham a cor clara da manteiga de karité. Husseina sentou-se no chão para vê-las desfilar na frente de Yaya depois que provavam os vestidos e achou todas elas bonitas. Aquelas que facilmente arrancavam as roupas pavoneavam para a frente e para trás como galinhas-d'angola machos, com os peitos estufados. As meninas mais quietas olhavam para os pés. Ela sabia que era como essas mulheres quietas, e enquanto entendia a timidez delas, enxergar a si mesma do outro lado a deixou desconfortável. Ela queria dizer-lhes para serem mais ousadas, que elas também eram bonitas – nem um pouco menos do que as irmãs ousadas.

De repente, uma delas gritou, assustando todas as outras. Todo mundo pulou de um pé para o outro, como se o chão fosse feito de crocodilos, e Husseina pulou, também, com o próprio corpo agitando-se de medo, o velho amigo que sempre a acompanhava. Todas correram para o canto da sala de jantar e a que tinha gritado, apontou. Uma píton preta e dourada, enrolando-se no vestido dela. Foi ao mesmo tempo fascinante e assustador e, no início, parecia inofensivo. Em seguida, desenrolou-se e balançou a cauda. A cobra levantou a cabeça, com a língua bifurcada deslizando para dentro e para fora de sua boca cinzenta, conforme passou a deslizar em direção às moças. Uma delas gritou novamente, e o medo agarrou a barriga e as pernas de Husseina.

— Todo mundo, para o salão cerimonial — Yaya disse e repetiu em português.

As meninas fugiram pela porta estreita, empurrando umas às outras e gritando. Algumas delas ficaram com os cotovelos e braços arranhados. Husseina olhou para trás e a criatura tinha ido para a parede. Como foi que ela entrou?

Yaya fechou a porta entre os dois quartos e mandou Tereza buscar um dos ogãs que morava na rua Bamgbose para vir tirar a cobra. As meninas ficavam esfregando os braços e sacudindo seus corpos, como se a cobra tivesse rastejado sobre eles. Husseina lembrou que o pai dela disse uma vez que as cobras eram o símbolo de sua família, então ele não fazia sapatos com o couro delas. As cobras deveriam proteger a família, mas agora ela sentia apenas medo. Ela, como as outras garotas, queria que a cobra se fosse.

Embora Yaya tivesse dito a ele para tirar a criatura sem matá-la, o percursionista veio armado com uma pá afiada e disse que a cobra poderia ser um feitiço. Quando ele abriu a porta, Husseina se enfiou entre todas para chegar à frente. Ela não entendia por que era ao mesmo tempo atraída e repelida pela criatura. Quando ela viu o ogã enfiar a pá na cabeça da cobra, ela fechou os olhos. Quando ela os abriu, o corpo da cobra se esticou e enrolou de volta em um círculo. O homem enfiou a pá na cabeça dela novamente, com as costas cobertas de gotas de suor. A cobra parou de se mover, e o ogã pegou o corpo e pediu uma cesta para tirá-lo. Yaya mandou Husseina para a cozinha.

— Poderia ter sido uma boa carne — ele disse, quando ela lhe entregou a cesta.

— Por que não é mais carne boa? — Husseina perguntou, seguindo-o.

— Você não come *juju* ruim. Qualquer um que use píton está fazendo feitiço poderoso.

— O que teria feito conosco?

— Mordido ou estrangulado até a morte. Poderia ter se transformado em uma pessoa.

Husseina tremeu. Em quem teria se transformado? Elas tinham experimentado momentos tão calorosos e divertidos apenas minutos antes da cobra fazer sua aparição. Ela se coçou, aborrecida, pensando em como a vida nunca era constante. Bons tempos pareciam nunca durar.

Por mais que Husseina gostasse de olhar pela janela, o momento que mais ansiava eram as giras na casa de Yaya. Principalmente porque a comida era farta. Havia ovos cozidos e ensopado de frango, mas também as pessoas sempre eram gentis quando iam ao terreiro. Ela nunca viu ninguém de cara feia durante uma cerimônia, mesmo as pessoas cujas vidas não eram fáceis, como Tereza lhe tinha contado. Uma mulher havia perdido vários bebês. A casa de um homem inundava toda vez que as chuvas chegavam. Apesar dessas coisas, eles pareciam ter os sorrisos mais brilhantes durante as cerimônias. Quando Husseina perguntou o motivo, Tereza disse que era o axé, a força vital do terreiro e do Candomblé. Ali, a vida tinha permissão para apenas *ser*.

Uma noite, um dos convidados entrou com uma cabra malcheirosa pouco antes da cerimônia começar, e Yaya pediu a Husseina para não entrar no salão de cerimônia. Em vez disso, ela ficou sentada do lado de fora, uma coisa que não fazia desde que tinha se mudado para a casa de Yaya, observando as pessoas da rua Bamgbose irem e virem. Era diferente vê-los da janela e estar no mesmo nível deles, na varanda. Lá em cima, ela se sentia quase invencível. Ela podia cuspir na cabeça de alguém e eles nem perceberiam. Ali embaixo, ela tentou ficar o mais invisível que podia. Uma mãe e seus filhos corriam, as crianças com roupas puídas. Em seguida, um rebanho de gado vadiava pela rua, os longos chifres batendo uns nos outros, alguns brancos, outros malhados em preto e branco. Eles demoraram tanto para sair da rua, que nem terminaram de passar por ela, quando Husseina notou quem estava atrás deles. Ela se engasgou. Por que foi tão tola?

— Como meu povo diz, todos os dias para o ladrão, um dia para o mestre — ele disse, se aproximando até que se ergueu sobre ela.

Husseina queria gritar, mas o medo lhe trancou a boca. Como se Baba Kaseko soubesse que ela gritaria, ele colocou seus dedos de pele grossa como couro sobre a boca dela.

— Diga à sua velha senhora que mais está vindo em seu caminho. Não se rouba de Baba Kaseko assim. Vocês vão adoecer. Você vai estar bem em um minuto; no próximo vai estar segurando sua barriga. Da próxima vez, pense antes de me cruzar. Diga isso à essa sua mulher agudá. Ela pegou minha propriedade e espera que eu esqueça? Mandei as coisas que você pode ver... foram avisos. O que eu preparei pra você daqui para a frente vai te pegar de surpresa.

Então ocorreu a Husseina: as formigas, o rato, a cobra, eram todos feitiços de Baba Kaseko. Ela se levantou e correu para dentro, entrou na sala de cerimônia sem pensar – justamente quando o ogã que matou a cobra estava passando uma faca no pescoço da cabra. Ele cortou o pescoço peludo, e estouraram bolhas de sangue. A criatura gritou tão alto, que Husseina pensou ser uma pessoa. Yaya Silvina levantou-se e começou a cantar. Husseina fechou a porta com um baque e correu para seu quarto. Ela checou a cama para ter certeza de que estava livre de formigas. Deslizou sob o lençol. O dia foi como um pesadelo sem fuga. Ela se enrolou completamente. Em Botu, quando o pai dela desapareceu, um sacrifício foi realizado para ele, mas ela não tinha assistido porque as crianças não tinham permissão para participar deles. Estava feliz por a terem mantido longe, porque ela não estava pronta para nada disso.

Os pensamentos de Husseina estavam a mil. Ela ficaria de castigo por ter visto o sacrifício? Como falaria de Baba Kaseko para Yaya? Teria que voltar para ele? Caso contrário, o que ele faria a seguir? Não havia como Husseina querer voltar para ele. Preferia permanecer com Yaya e receber o que Baba Kaseko mandasse. Ela tinha certeza de que Yaya era poderosa, especialmente depois da cena que tinha acabado de testemunhar.

Batidas pesadas no chão pararam seus pensamentos. Yaya abriu a porta e entrou devagar. Ela afundou os quadris na cama de Husseina.

"Estou de castigo?", ela queria perguntar, mas as palavras não queriam sair pela boca.

— Eu te disse pra não entrar — Yaya disse, procurando os olhos de Husseina.

— A cobra era de Baba Kaseko — Husseina disse. — Ele disse que vai nos machucar ainda mais por atravessar seu caminho. Yaya, os olhos dele estavam vermelhos. Talvez ele fosse a cobra que veio aqui.

— Se ele fosse a cobra, já estaria morto — Yaya disse. — Mas eu deveria saber que era coisa dele.

— Talvez o espírito dele tenha deixado o corpo da cobra antes do ogã a matar. Yaya, tudo o que ele enviou tinha dor ou morte envolvida. As formigas... o rato estava morto. A cobra morreu. Ele disse que ficaríamos doentes.

— Me conta tudo o que ele disse pra você.

Husseina obedeceu, então concluiu:

— Ele disse que o que será enviado a seguir, nós não seremos capazes de ver.

— Estou indo para a Bahia — a velha mulher disse. — Eu ia te deixar aqui até voltar, mas não é seguro. É melhor eu te levar para a Bahia.

Husseina não sabia o que era a Bahia, ou o que ela traria, mas seu coração cresceu com uma excitação impaciente. Qualquer coisa para fugir daquele temível Baba Kaseko.

— Pra prepará-la, de agora em diante, Tereza vai falar com você apenas em português — Yaya disse.

Husseina ficou feliz por Tereza a ensinar português. Tereza não era séria como Yaya, e Husseina podia fazer perguntas. Havia uma regra não dita em Botu que as crianças não deveriam responder aos anciãos, e em Lagos, era a mesma coisa. Tereza era mais como uma irmã mais velha. Ela explicou que, uma vez que Husseina fosse à Bahia, ela se tornaria uma agudá como ela. Aquela que foi levada de casa. Husseina queria retrucar que, nesse caso, ela já era uma agudá, mas apertou a língua entre as pontas dos dentes. Tereza disse que Yaya era obrigada, pela lei britânica de Lagos, a dar aulas de inglês para Husseina, mas, em vez disso, Yaya a estava levando para a Bahia porque estar apta a receber Iemanjá era mais valioso do que saber falar inglês. Tereza confessou a Husseina que queria começar um negócio de venda de mercadorias entre a Costa do Ouro e Lagos e não estava realmente interessada em continuar as cerimônias enquanto Yaya estivesse fora, mas avisou Husseina para manter isso em segredo. Husseina ficou feliz por receber uma confidência, pois entendia o que era guardar segredos. Ela mesma não tinha contado a ninguém sobre Hassana, porque não queria ser tratada de forma diferente. Depois de cerca de um ano morando em Lagos, ela soube que os gêmeos eram reverenciados – por causa disso, tinha certeza de que, se Yaya soubesse, ela diria a ela para procurar a irmã.

Yaya pediu a Husseina para colocar o vestido mais bonito que tinha e as duas caminharam em direção à praça Campos, e foram até um lugar chamado Marina. Em todo esse tempo, Husseina sabia que estava perto da água, especialmente quando as chuvas chegavam e as casas das pessoas inundavam. Ela simplesmente não tinha percebido que estava completamente cercada por água. Na caravana indo para o mercado Salaga, havia muita conversa sobre a grande água, e então quando Baba Kaseko a comprou, eles viajaram sobre o que ela achava ser a grande água, mas pelo que Yaya tinha dito a Husseina, a grande água era muito além. Era o que elas atravessariam para chegar à Bahia. Parecia ameaçador.

Se havia uma coisa que a fazia se agarrar ao medo, era a imensidão das águas profundas. Ela queria ir para a Bahia com Yaya, mas não queria ter que atravessar a água. Elas marcharam por uma rua com casas ainda maiores do que as da rua Bamgbose. Deviam ter uns quatro andares e seis cômodos por andar, pela largura. Elas passaram na frente de uma construção, tão branca quanto as roupas de Yaya, depois por outra menor, mas da cor de um feijão marrom pálido, e depois uma série de três blocos idênticos, até que Yaya parou e deu uma olhada em Husseina. Yaya mergulhou o dedo na boca, e usou o dedo molhado para limpar as bochechas de Husseina.

— Vamos repassar a história de novo — ela disse.

Husseina era sobrinha de Yaya Silvina, que tinha vindo de Ikere depois que perdeu a mãe. O pai dela desapareceu quando ela ainda era pequena – nesse momento, Yaya Silvina sugeriria que, assim como ela, ele provavelmente foi enviado através da grande água, e quando Yaya Silvina finalmente voltou para sua aldeia, Husseina era um dos únicos parentes que ainda restavam.

As autoridades britânicas não questionaram a história dela e emitiram um passaporte para Husseina – um papel selado com seu nome, Vitória Silvina, e uma foto da Rainha da Inglaterra.

Antes de partirem para a Bahia, foi realizada uma cerimônia para Iemanjá, orixá das águas, para uma viagem segura.

Os tambores tocam a mesma música. Uma chamada para ir até eles. Ela é tomada, preenchida pela canção, e seu corpo treme com a batida deles. A música impulsiona o corpo dela para a frente e para trás, levanta os membros para os céus. Ela está livre. Gira, como se fosse puxada para baixo, e então sobe. É uma espiral que nunca acaba. Pode fazer qualquer coisa. Ela está pronta para sua jornada.

Yaya Silvina avisou que a viagem seria uma das coisas mais difíceis que Husseina passaria. Ela mesmo tinha estado naqueles mares quatro vezes. A primeira vez ainda era menina, quando foi raptada da aldeia dela e aprisionada em um barracão pelo que pareceu muitas luas, antes de ser forçada a entrar em um navio. No início, deixaram-na brincar, porque era uma criança. Mas quando descobriram que os escravizados estavam tramando saltar no mar, todos foram acorrentados a um poste ou a outra pessoa. Ela passou o resto da viagem aprisionada aos corpos de outras duas pessoas. Muitos corpos em um pequeno espaço de madeira. Centenas de crianças, mulheres e homens. Uma pessoa a quem ela estava amarrada não fez a travessia. Levou dias para o capitão do navio descer e deixar a tripulação jogar o corpo ao mar. Quando lhes era permitido ir ao convés, ficavam sob a mira constante de armas. Água e comida eram racionadas. Eles chegaram à Bahia e ela foi vendida ao dono de uma plantação.

Seria diferente para Husseina porque ela estava indo para o navio como uma pessoa livre, com um passaporte britânico.

Husseina e Yaya partiram bem cedo, atravessaram a lagoa em uma canoa na qual Husseina teve que ser colocada, e chegaram à Barra de Lagos, onde um grupo de passageiros já se reunia. Era uma mistura de pessoas de pele negra e alguns homens e mulheres brancos. À distância, vários navios grandes flutuavam no mar, e surpreendeu Husseina como esses enormes barcos não afundavam e pareciam deslizar levemente na superfície da água. Husseina se recusou a lidar com o fato de que ela atravessaria a água, mas agora, diante daquela grande imensidão, não podia mais negar. A lagoa era brincadeira de criança.

Ela tinha um sonho recorrente e aterrorizante quando mais nova, um dos poucos que não compartilhou com a irmã. No sonho, muito rapidamente, ela estava cercada por água. Ela enchia a garganta e os pulmões, insuflava e simultaneamente era sugada em um vórtice que girava e girava até que acordava engasgada. Sempre parecia interminável, e ela não contou a ninguém sobre o sonho, porque o pavor mantinha seus lábios fechados. Ela ficava atordoada por dias, tentando entender. Isso a manteve longe d'água. Isso a fez ter raiva de Hassana por ser inconsequente com a água. Descendo o rio com Baba Kaseko, ela segurou a bata que usava até chegarem em terra seca. E agora ela tinha que atravessar este enorme e interminável lago.

Um homem sentado em uma mesa pegou os passaportes delas, examinou o recibo, escreveu em um grande livro, e depois as deixou passar. Yaya Silvina subiu em um barco secundário, onde alguns dos que se reuniam lá fora estavam sentados. Husseina estava na praia, enraizada na areia.

"*Venha*", Yaya acenou.

Husseina balançou a cabeça.

— Pare de ser uma criança — Yaya repreendeu.

Depois de sorver os dentes ruidosamente, um dos remadores saltou para fora da canoa para erguê-la. Ela tinha vergonha do medo que sentia, então olhou para o punho descansando em suas coxas. Outras quatro pessoas se juntaram a elas e os remadores da canoa, sentados no meio, puxaram os remos em direção aos próprios peitos para colocar o barco em movimento.

Esta água parecia mais ampla e assustadora, porque nunca se acalmava; as ondas se erguiam e quebravam sempre. Husseina olhou para a terra que ela estava deixando para trás e pensou na família. Ela já não fazia mais ideia em que direção eles estavam. Tinha viajado tão longe que estava perdendo a própria língua. Podia falar bastante em português, e até pensava em iorubá, enquanto o gurma era para coisas muito específicas, que agora só vinham em fragmentos. Ela tinha saído de casa há muito tempo, e mesmo que isso não tenha sido por escolha dela, tinha aceitado sua nova vida e ansiava pelo que a próxima terra traria.

Quando a canoa chegou ao navio, que se tornou ainda maior quando pararam ao lado dele, elas tiveram que alcançar uma escada de corda muito trêmula. Husseina agarrou-se à rugosidade da corda, temendo cair nas ondas abaixo, tornando seu sonho real. Yaya subiu à frente dela, e Husseina seguiu, colocando os dois pés em um degrau de cada vez. A barriga doía, e ela segurou a respiração, só liberando o ar depois que estava no convés. A bordo do navio, tudo era feito de madeira e longos postes que se projetavam para o alto, nos quais quadrados brancos de tecido pairavam. Eles eram surpreendentemente barulhentos, produzindo um som preso entre constantes estalos e o sopro do vento. Ela ficou olhando para a vibração que o vento causava.

Yaya, sem se surpreender com toda a novidade, tendo estado em um navio muitas vezes, impulsionou Husseina à frente, dizendo que não encontrariam um bom lugar se demorassem. Desceram dois lances de uma estreita escadaria de madeira e chegaram a um andar com várias portas ao longo do corredor. Yaya rapidamente pressionou a palma da mão contra a primeira porta e ela estava fechada. Ela foi para a próxima, e foi só na quinta porta à esquerda do corredor que elas conseguiram encontrar um quarto livre. Nele tinham duas camas, uma em cima da outra, e uma janela redonda contra a qual as ondas batiam, fazendo Husseina se perguntar quão sólida era a janela. Ela segurou-se na cama, porque o chão parecia que perderia sua firmeza a qualquer minuto.

— Você vai se acostumar depois de quatro dias — Yaya disse, tirando o lençol da cama e o sacudindo. — Arrume a sua cama.

Husseina tirou o lençol e imitou Yaya, mas a cabeça dela estava muito pesada.

— Não estou me sentindo bem.

Yaya apertou os lábios e apressou Husseina para que saísse do quarto. Tirou a chave da fechadura e levou Husseina escada acima e, então, para o convés.

O ar úmido do oceano a fez se sentir melhor. Husseina pensou nas histórias que Yaya contou a ela sobre outras pessoas que tinha feito essa viagem, não porque queriam, sem o conforto de uma cama, sem roupas, amarradas umas às outras, forçadas a ficar apertadas juntas. A cabeça dela girou. Antes que pudesse evitar, vomitou, e Yaya levou-a para a borda do navio, onde todo o *akara* que ela tinha comido no café da manhã saiu.

— Se você já está enjoada, esta será uma longa jornada — Yaya disse, esfregando as costas de Husseina.

Ela teve náuseas constantes, tomada pela tristeza. Pensou na primeira viagem de Yaya ao mar. Quem eram essas pessoas que achavam certo colocar seres humanos em tais embarcações e tratá-los de forma pior do que animais?

Certamente eles não eram humanos, para serem capazes de tal crueldade. Ela tinha se sentido enjaulada no quarto, mas isso, ela sabia, era um conforto. Também pensou nas pessoas que Yaya contou que não tinham conseguido chegar. O que aconteceu aos espíritos delas tão longe de casa? E o que aconteceu com os corpos delas, jogados neste lago imenso e provavelmente profundo?

Yaya tirou amendoins de um pano amarrado em torno da cintura.

— Um dos truques que aprendi é não deixar o estômago vazio.

Husseina deveria dormir no beliche de cima e Yaya na parte inferior, mas a menina não conseguia manter nada na barriga, então elas colocaram ao pé da cama um balde de metal no qual Husseina poderia vomitar. Yaya pagou um garoto, não muito mais velho que Husseina, para vir a cada hora esvaziar o balde no mar.

Mesmo quando estava quase dormindo, o estômago dela não melhorava. Só teve alguma paz quando o sono a tomou por completo.

Estamos fugindo de um incêndio. Ele estica os braços ardentes, tenta nos engolir em seu calor, mas juntas estamos batendo nele. Ela está correndo muito rápido. Ela rompe o que nos mantém unidas. Ela se foi.

Husseina passou os dois dias seguintes completamente esvaziada e não saiu do quarto, apesar da insistência de Yaya de que o ar fresco a ajudaria. Contentava-se com os amendoins.

Quando os olhos dela se abriram, tudo o que viu foi a água batendo contra a janela. Às vezes, a água chegava ao topo da janela; na maior parte do tempo, ela via uma propagação cinza do céu, de vez em quando pontilhada por um pássaro. Pensou em casa, em *baba*, *na*, Aminah, o irmão dela, a avó e, acima de tudo, da outra parte de si mesma, Hassana. Quem ainda estava vivo? Quem escapou de seus corpos e se tornou ar? Para onde eles iriam depois? Ela sobreviveria a isso? Veria algum deles de novo? O que foi essa vida que deu tudo e depois tirou tudo?

No quarto dia, Yaya lhe levou um pedaço de noz-de-cola – vermelha, carnuda e amarga –, que ela mastigou. Então Yaya lhe deu uma xícara de água, que ela bebeu. Ela a ajudou a sair do quarto e da parte interna. O mundo tinha mudado completamente. Ao redor, apenas água e céu. Nenhuma outra alma. Sem terra. Nenhum barco. Era lindo, vazio e assustador, tudo ao mesmo tempo. Então, um pássaro voou no céu e a solidão foi embora. Yaya deu uma banana a Husseina, e ela ficou na barriga. A distância, um peixe pulou no céu e voltou para onde se sentia mais em casa. Isto era tão diferente da terra de Botu. Ela se perguntou por que ela estava sendo levada nesta viagem. Qual era o propósito?

A força voltou para Husseina dia após dia. Logo, ela estava ajudando Yaya a limpar o quarto, bem como os quartos de outros para ganhar algumas moedas aqui e ali. Ela passava muito tempo no convés contemplando a extensão do oceano. O tremular das velas brancas deu aos dias dela um ritmo constante. Ela observava os outros viajantes, alguns que nunca tinham feito esta viagem antes, e os muitos para quem aquilo era a vida, como o menino que havia esvaziado o balde dela. Ele morava no navio. Ele conversava com ela com frequência. Disse que quando o capitão o adotou, sentiu um parentesco imediato com ele.

Depois de cerca de vinte e cinco dias no mar, Yaya despertou Husseina e lhe disse para subir. No convés, muitos dos viajantes se enfileiravam nas bordas e à frente deles estava um sol luminoso mostrando os primeiros traços de terra, uma faixa escura além d'água. Alguém começou a bater em um tambor e iluminou o coração de Husseina. Tinham sobrevivido.

A sombra de terra aumentou, mas a impaciência também se estabeleceu. Tão perto e, ainda assim, tão longe. As pessoas saíram e voltaram. Husseina não queria perder nada, mas Yaya a chamou para comer.

Depois da refeição de feijão cozido e *gari*, ela voltou e viu que a terra estava começando a abraçá-los. A velocidade do vento aumentou e as velas se agitaram acima deles. Dava para ver outros navios. À medida que se aproximavam, coqueiros altos se curvavam e sussurravam palavras de boas-vindas.

Eles chegaram a um porto com ainda mais navios. Acima deles, a terra parecia surgir da água. Estava pontilhada com árvores e pequenos grupos de casas. Husseina nunca tinha visto terras tão altas.

Yaya pressionou as costas dela.

— Bem-vinda à Bahia.

capítulo quatro
HASSANA

Depois de uma longa espera de quatro meses, Richard manteve sua palavra e me ajudou a encher um baú com todos os livros que me dera e as roupas que os aldeões tinham costurado para mim, e fomos para a Missão Basileia. Nosso caminho foi cercado por árvores, colinas e montanhas que às vezes tampavam e escureciam as árvores. Em alguns trechos um carregador me levou, mas quando tive que andar por conta própria, eu parava e tentava puxar o máximo de ar que podia, porque não conseguia respirar direito. Eu era mais alta do que alguns dos carregadores, como Kwame, que eu conhecia por levar coisas para Richard de vez em quando. Recusei-me a deixá-lo me carregar. Ele e os outros não pareciam sofrer com a perda de ar, como Richard e eu. Para piorar as coisas, tivemos que subir as colinas e caminhar sobre os cumes. Era a maneira mais segura, porque na floresta habitavam leopardos e outros animais selvagens. Nela, disseram os carregadores, também havia pessoas que não tinham medo de nos sequestrar, mesmo que estivéssemos acompanhados por um homem branco. Na verdade, a presença de Richard nos fazia alvos valiosos. No alto da colina, supostamente poderíamos enxergar melhor, mas tudo que vi foram as copas arredondadas das árvores verdes abaixo de nós. Tive sorte de não estar carregando meu baú nas costas, e que Kwame estava fazendo isso por mim. Escorreguei muitas vezes. Kwame me disse para colocar meu peso nos calcanhares, mas eu me senti desequilibrada tantas vezes que a única solução era ficar de quatro e subir a colina engatinhando como uma criança.

Chegamos a uma superfície plana, onde as árvores eram esparsas. Recuperei o fôlego e fiquei maravilhada com o quão longe tínhamos viajado. Kwame riu e disse que era uma colina pequena. Seguimos em uma pequena trilha e, abaixo de nós, as árvores pareciam algodão verde. Eu tinha de admitir que era lindo. O sol atingiu o ponto mais alto. Richard pediu uma pausa. Tínhamos embalado frutas e banana-da--terra cozida, as quais Richard pediu para que eu servisse aos carregadores, que já tinham colocado a carga no chão e borrifavam água nos próprios corpos, sentados na grama. Eu me perguntava o que se passava pelas mentes deles. Esses garotos, alguns deles não mais velhos que eu, carregariam coisas pelo resto da vida? Foi a grande lição que Aminah me ensinou. Ela disse que tínhamos que continuar sonhando, e uma vez que um sonho se tornasse real, que deveríamos ter novos sonhos. Meu primeiro sonho era encontrar Husseina. E, quando nos encontrássemos, eu sonharia maior ainda. Eu estava começando a ler a língua de Richard – ele disse que se eu melhorasse, poderia até mesmo ir para a cidade grande, Acra, e trabalhar para o povo dele.

Depois de viajar por cerca de três dias, chegamos em Abetifi, que, para meu desânimo, era no cume de uma cadeia de montanhas muito mais alta do que a colina que passamos. Será que as montanhas alguma vez se moveram e caíram sobre si mesmas? E se um vento forte viesse e as derrubasse? Eu não estava confiante sobre este novo lugar.

— Bem-vindo de volta a Abetifi — disparou uma voz, e Richard, com a camisa branca agora manchada de poeira avermelhada, correu em direção a outro homem branco, que era mais largo, mais alto e portador de uma impressionante barba retangular. Eles se envolveram em um abraço que me fez pensar em dois elefantes colidindo.

Richard acenou para mim e minha boca secou. Atrás do homem veio uma mistura de pessoas negras e brancas, todas de sorriso aberto. Foi a primeira vez que vi uma mulher branca. E havia duas delas. Uma tinha o cabelo amarelado que estranhamente esfregava-se sobre os ombros dela – meu cabelo era alto e orgulhoso e só tocava meus ombros quando eu o trançava. A outra tinha o cabelo enrolado em uma bola, então eu não podia analisá-lo. Ela parecia mais velha e arrastava uma das pernas. Talvez ela fosse mãe da outra. Ambas tinham seios como minha mãe e irmã. A mulher com cabelo nos ombros era magra, com a pele de tonalidade quase laranja. Ela parecia infeliz. Melhor dizendo, triste. A mais velha, que brilhava em felicidade e alegria, se aproximou e colocou as mãos nos meus ombros.

— Bem-vinda, Hassana — ela disse, e eu suspirei aliviada. Eu não tinha percebido o quanto precisava estar perto de mulheres. Wofa Sarpong. Dogo... Em Kintampo, com exceção de Ma'Adjoa, as mulheres me rejeitavam — principalmente porque eu era reservada —, e mesmo com Richard eu não falava muito. Senti falta da minha mãe, da minha avó e irmãs. Na língua de Richard, as crianças me cercavam, cantando:

— Bem-vinda, Hassana! Bem-vinda, Hassana.

Meu peito explodiu e chorei. Eu não esperava chorar, mas as lágrimas escaparam dos meus olhos. A mulher que segurava meus ombros me puxou para si e deu um tapinha nas minhas costas. Então me levou para a maior casa que eu já tinha visto.

Naquela noite e Richard partiu meu coração. Ele disse que ficaria três noites, depois iria para Acra. Quando eu disse que iria com ele, ele disse que em Kintampo tinha sido tudo bem para mim ficar com ele porque era uma aldeia. Em Acra, seria ruim se eu vivesse com ele. Alguns poderiam me chamar de escrava – ou pior, de prostituta dele. Eu não sabia o que era uma prostituta. Ele me explicou em voz baixa. Disse que em Abetifi eu seria bem cuidada, aprenderia a melhorar minha leitura e escrita, e era o melhor lugar para mim. Ele me deixaria com uma Bíblia, para ter algo para lembrar dele. Eu estava magoada porque esse parecia ser o plano dele desde o começo. Mesmo que eu não tivesse contado sobre Husseina, tinha certeza de que ele me levaria até lá. Quando ele se despediu, falou como se planejasse me ver de novo, mas eu sabia que seria a última vez que nos veríamos. Minha mão estava solta na dele. Naquela noite, minha tristeza trouxe os sonhos de Husseina para mim. Sempre conseguia dizer quais eram os dela, porque eram de lugares que eu nunca tinha visto antes.

*Estou em um pedaço pequeno de terra cercado de água. A água
está por toda parte. Abaixo de nós, ondas batem contra a encosta
da montanha. Os ossos dos meus joelhos fraquejam com a ideia
de cair. Caio, mas fico em pé.*

Depois que Richard partiu, os amigos dele me incluíram
em suas vidas tão plenamente que a raiva que sentia dele
flutuou para longe como uma pena de passarinho na brisa. Meus novos anfitriões tinham muito a me ensinar e,
embora os achasse estranhos – mesmo depois de passar
um tempo com Richard –, eu precisava deles ao meu lado,
então tentei não quebrar as regras dali, o que nem sempre
foi fácil. A melhor maneira de ficar longe de problemas era
me tornar como Husseina – quieta e praticamente invisível,
como um rato. Eles viviam de forma tão diferente do meu
povo, como se fôssemos gatos e eles cães, ou o contrário.
Eu gosto de gatos, então nós definitivamente éramos os gatos. Diferente de Kintampo, onde Richard vivia em uma
casa que poderia ser arrancada por uma rajada de vento, ali
parecia que eles pretendiam ficar para sempre: usaram madeira, areia e pedra, e construíram casas mais altas do que
as dos nativos de Abetifi. A mais alta era uma construção
que chamavam de igreja, com uma torre com uma cruz no
topo. Richard me disse uma vez que a cruz era o símbolo
mais importante para os cristãos porque um homem chamado Yesu morreu na cruz para salvar toda a humanidade.
Quando lemos a Bíblia – o que acontecia ali muito mais do
que em Kintampo –, eu, sinceramente, gostei menos das
histórias sobre Yesu. Gostava das histórias mais antigas, nas
quais Deus vem em defesa do povo.

Pouco depois de ter chegado em Abetifi, briguei com uma garota porque ela me chamou de escrava. Eu a ataquei e a arranhei tanto que ela sangrou por causa das linhas que eu fiz no rosto dela. A família dela veio para a missão porque eles queriam que eu apanhasse, mas a sra. Ramseyer, a mulher mais velha, sentou-nos todos e nos ensinou uma lição sobre virar a outra face, como Yesu havia dito. Não pagar a dor com mais dor. Ela falou até com os pais da menina como se tivessem a mesma idade que a garota e eu. Quando a família estava se levantando para voltar para a aldeia, o reverendo Ramseyer disse, em um tom severo, que se eu batesse em alguém novamente, seria excluída da missão.

Não sei se isso satisfez a família e entendo; eu tinha machucado a filha deles e precisava ser punida, não ensinada. Na parte mais antiga da Bíblia, o Deus dos israelitas ordenou a Josué que destruísse Jericó porque o povo de Jericó pecou contra Deus e o pecado deles desonraria o povo escolhido. Isso fazia sentido para mim. Se eu colocasse as mãos nas pessoas que tinham destruído minha família, gostaria que meu Deus os destruísse da mesma forma, desmoronando suas muralhas e queimando suas casas. Em Abetifi, eles diziam que deveríamos ser mais como Yesu, então aos domingos, na igreja, eles sempre liam Mateus, Marcos, Lucas e João. A sra. Ramseyer era ainda mais interessada em uma pessoa chamada Saulo que se tornou Paulo, e ficava me dizendo que eu deveria ser batizada. Isso significava que me tornaria uma nova pessoa, como Paulo. Eu estava feliz com o jeito que era. Não entendia por que todos – de Wofa Sarpong a essas pessoas – queriam que eu mudasse meu nome. Estava feliz em ser Hassana.

A outra construção grande era a casa principal. Tinha dois andares e era mais espaçosa que a igreja, mesmo que a igreja fosse mais alta e era onde a sra. Ramseyer e sua família moravam. O teto era alto, e as paredes, pintadas de branco, estavam adornadas com desenhos e fotografias de pessoas que eu saberia posteriormente que eram a família da sra. Ramseyer em um lugar chamado Suíça. Foi reconfortante saber que eles também tinham saído de casa. Embora ainda não fizesse sentido para mim porque uma pessoa escolheria se mudar se eles não foram forçados a isso. Se tivesse escolha, ainda estaria em Botu. Eles decidiram sair de casa e entraram em um grande barco para chegar até ali apenas para proclamar a palavra do homem chamado Yesu e nos dizer que o modo como vivíamos antes machucaria nossas almas. Parecia loucura para mim. Mesmo assim, eu gostei da casa. Nela havia livros, lâmpadas e cadeiras que podiam acomodar mais de uma pessoa. Nós, as crianças que viviam na casa da missão – meninas que tinham sido levadas por pessoas como Richard –, às vezes fazíamos as refeições com eles lá, mas apenas quando as crianças de Abetifi não estavam por perto. Essas crianças tinham famílias para as quais podiam voltar nos fins de semana e feriados. Eu me vi desejando que a vida pudesse ser sempre um feriado.

Eu não queria fazer amigos para me distrair do meu plano, mas um dia as crianças da aldeia cercaram Afua, uma garota que mal falava e lembrava um pássaro, e estavam caçoando dela por não se lavar. Não pude evitar; invadi o círculo deles, peguei Afua pelo pulso e a tirei dali. As crianças gritaram que eu também era fedida, mas as palavras delas bateram em mim e caíram no chão. A pobre Afua explodiu em soluços e me agradeceu por salvá-la. Afua era pequena, mas as axilas dela cheiravam como as de um adulto que não se banhava há alguns dias. Eu disse a ela para lavá-las duas vezes por dia com uma esponja. Depois disso, ela me seguiu por toda parte, lembrando-me de Husseina. Quando falava, o que raramente acontecia, ela me contava partes da própria história. Com o tempo, pude juntar as peças: o pai dela a tinha dado porque era a sexta de nove filhos, e quando o décimo filho nasceu, a mãe dela faleceu. O homem que a comprou tinha ouvido falar que missionários estavam comprando crianças escravizadas para libertá-las, então ele a levou para ver o reverendo e a sra. Ramseyer. O reverendo gritou com o homem por uma sugestão tão absurda, tirou Afua dele e expulsou o homem da aldeia cristã com ameaças de mandá-lo para o tribunal de escravizados.

O primeiro feriado foi o Natal de 1892, para celebrar o nascimento de Yesu. Eu estava lá há cerca de três meses e ainda não tinha sido batizada porque confessei à sra. Ramseyer que eu não entendia o que significava ser salva. Ela foi surpreendentemente paciente. Disse que eu era a primeira pessoa que não tinha apenas concordado. Muitos aceitaram ser batizados e voltaram a adorar outros deuses quando deixaram a missão. Ela disse que minha honestidade era uma coisa boa. Bem, a verdade é que eu realmente não acreditei nas histórias deles, não no meu coração.

Para o aniversário de Yesu, eles cozinharam um pato grande e nós nos sentamos na maior mesa, que a família tinha coberto com um pano vermelho, e demos as mãos e rezamos, agradecendo a Deus por enviar o único filho Dele à Terra para morrer por nossos pecados. A carne estava seca e sem gosto – o oposto completo de quão suculenta parecia. A Na teria preparado um guisado daquele pássaro que faria todo mundo lamber os dedos. A maior parte do pássaro ainda estava lá depois da refeição. Quando terminamos, a filha da sra. Ramseyer, Rose, com o rosto sempre contraído, trouxe uma pilha de presentes cobertos de papel marrom, deu a nós e disse para abrirmos no dia seguinte. Eu podia dizer que era um livro, e meu coração afundou pensando que era outra Bíblia; eu já tinha uma Bíblia.

Durante o feriado, a família deixou Afua, eu e as demais crianças que permaneceram lá dormir na casa principal. Afua e eu dividimos um quarto. Nele, tínhamos duas camas, uma mesa e uma cadeira, e uma pintura de Yesu na parede. Ele tinha um rosto pálido com olhos azuis e cabelos longos como o da sra. Ramseyer. Realmente não conseguia entender por que a morte dele me salvou. Não poderíamos ser mais diferentes.

Segurei o presente em meus braços enquanto caía no sono, e dormi profundamente até sentir a presença de corpos próximos ao meu. Abri os olhos e vi os rostos de Afua, Cecile, Helene e John, as crianças mais jovens da missão.

— Hora de abrir presentes — eles gritaram e me arrastaram para a sala de estar.

Sentamos no tapete macio onde muitas vezes líamos histórias. Eu rasguei o papel marrom que cobria meu presente e fiquei feliz em descobrir que não era uma Bíblia.

— É um atlas — a sra. Ramseyer disse, agachando-se para se juntar a nós. — O sr. Burtt imaginou que você iria gostar.

Ela passou a palma da mão sobre um círculo verde e azul e disse:

— Este é o mundo inteiro. — Então, apontou para a direita de dois círculos que se uniram. — Nós estamos aqui.

Havia um grande mapa da África na sala de estar, escrito "AFRIQUE", então eu conhecia a forma da África. Só não sabia que era a terra em que vivíamos. Ao redor da África, que estava em rosa claro, havia um azul, que a sra. Ramseyer chamou de mar. O mar tocava outras terras e ocupava a maior parte do planeta.

Enquanto eu analisava as curvas entre o mar e a terra, algo veio à minha mente. Se havia tanta água azul no mundo, Husseina poderia estar em qualquer lugar. Eu não sabia se ria ou chorava. O presente fez o chão virar céu; mudou meu equilíbrio e virou meu mundo. Depois daquele primeiro sonho, pensei que se descobrisse onde era a água azul, bastava ir até lá. Eu não sabia quão grande o mundo era.

John começou a fazer um barulho horrível, batendo a palma da mão contra um pequeno tambor, e os pais dele – outros missionários de um lugar chamado Alemanha – riram. Eu disse a eles que me sentia mal e voltei ao quarto.

Eu só podia fazer o som das letras e elas não faziam sentido para mim. Por que Richard me deixaria um presente que eu mal poderia usar? Por que o mundo era tão grande?

Os outros alunos voltaram para a escola no Ano-Novo, e eu decidi que faria tudo ao meu alcance para aprender a ler corretamente. Na Páscoa de 1893, eu já conseguia juntar palavras mais longas e entender o sentido delas. Então, peguei o presente de Richard.

O atlas tinha a capa cinzenta, com uma encadernação preta. *Atlas Popular Completo*. Abri a página do mundo inteiro. Onde estávamos, onde a sra. Ramseyer tinha apontado com o dedo durante o Natal, nem sequer estava indicado como "Costa do Ouro". Eu me perguntei se encontraria Botu no mapa e se poderia fazer o meu caminho de volta para lá.

Eu virei as páginas até achar um mapa detalhado da África e passei tanto tempo encarando seu desenho e soletrando as palavras que meus olhos doíam. Não vi Abetifi marcado no mapa, mas vi Djenné, o último lugar onde meu Baba disse que ia antes de desaparecer. Então, vi Gurma. Meu coração disparou. Sabia que nosso povo gurma se estendia para além de Botu, mas não era onde Husseina estava. Tinha que manter o foco. Husseina atravessou o grande mar e poderia estar em qualquer lugar do mundo, mas não em Gurma. Eu precisava encontrá-la. Em vez disso, estava presa em um lugar onde as pessoas eram obcecadas por um homem branco com cabelo longo que morreu anos e anos atrás. Eu gritei no meu travesseiro.

Devo ter gritado muito alto, porque a porta se abriu lentamente e a sra. Ramseyer entrou, com o rosto apertado de preocupação.

— O que houve? — ela perguntou.

Eu apontei para o atlas.

— Ele é um pouco antigo, talvez tenha uns dez anos, mas a maioria dos lugares ainda se parece com o que está aí. Não gostou?

— É realmente lindo — disse. — Mas só me lembrou dos meus problemas.

A sra. Ramseyer se sentou na cama, que rangeu.

— Eu tenho um monte de problemas, também. Mais tristezas que problemas. Às vezes, falar ajuda.

Ela abriu os braços e eu empurrei meu corpo contra a carne dela.

— O que te deixa triste? — perguntei.

— Muitas coisas. Sinto falta da minha casa às vezes.

— Eu também — disse.

— Estou aqui fazendo o trabalho de Deus, e às vezes, se fecho os olhos, quase me sinto em casa porque também cresci em uma cidade nas montanhas. Mas deixei tudo pra trás e vim pra cá com o Fritz... o reverendo Ramseyer. Aqui não tem neve. Não tem queijo... você pode dizer que essa foi uma escolha minha, mas isso não resolve a tristeza.

— Você sempre pode voltar pra casa — eu disse. — Eu não sei onde é meu lar.

A sra. Ramseyer ficou quieta.

— Você sabe como é não escolher deixar pra trás sua família? Viver como um animal na casa de estranhos até que decidam que você não é mais útil pra eles? Perder parte de si mesma? Perder sua irmã gêmea?

A sra. Ramseyer olhou para além de mim, fechou os olhos e, quando os abriu, estavam cheios de lágrimas. Ela tirou os óculos.

— Você acabou de fazer minha pele arrepiar.

Era verdade; a pele da mulher parecia pele de frango e os pelos brancos no braço dela estavam eriçados. Ela esfregou os braços, tentando se livrar do arrepio.

— Temos muito em comum, minha querida Hassana — disse ela, balançando as bochechas e esfregando as mãos nos vincos do vestido de lã. — Por quatro anos, Fritz e eu fomos mantidos reféns. Sabe o que isso quer dizer?

Balancei a cabeça.

— Nós éramos prisioneiros. Fomos capturados e mantidos pelos axantes. Alguns dias, nossas mãos e pés ficavam amarrados. Pra mim, era um sinal de Deus pra entender melhor o que o comércio de escravos estava fazendo com a humanidade. Entendo o que você pode ter passado, mas sabe o que nos aproxima ainda mais? — ela piscou e os olhos dela

70 *Ayesha Harruna Attah*

se encheram de mais água. — Eu tive gêmeos, e um deles morreu. Tia Rose perdeu seu irmão, também.

Eu abracei a sra. Ramseyer e não quis largar. O que eu faria se descobrisse que Husseina tivesse morrido? Eu não sabia onde ela estava, mas, na parte mais profunda do meu conhecimento, sentia que ela ainda vivia. Eu saberia se ela tivesse morrido. Não saberia?

— Fale com a tia Rose — a sra. Ramseyer disse.

Fazia sentido para mim agora; o rosto contraído da tia Rose, a tristeza que carregava. Tia Rose nos dava aulas de inglês e mesmo quando as histórias eram engraçadas, como aquele coelho falante em *Alice no país das maravilhas*, ela mal abria um sorriso. Eu nunca a vi explodir em qualquer tipo de emoção: sem risos, sem gritos apaixonados. Ao contrário do pai dela, o reverendo Ramseyer – quando ele estava com raiva, toda a aldeia cristã podia ouvi-lo se queixando, e era geralmente sobre a traição de algum líder pagão. E a sra. Ramseyer, mãe de gêmeos, ela era tudo menos triste. Mas eu entendia a tia Rose agora.

— Obrigada por me contar sobre sua vida — eu disse.

— Conte comigo sempre que quiser falar sobre sua tristeza — a sra. Ramseyer disse. — Você quer que eu conte pra tia Rose sobre sua irmã?

Balancei a cabeça, negando. Eu tinha que fazer isso sozinha. Ela já tinha falado sobre isso com outras pessoas? Como eu falaria sobre o assunto com a tia Rose? Eu planejei. Quando não estava brincando com Afua, passava o tempo observando tia Rose, esperando o melhor momento para me aproximar dela, mas também começou a crescer um pavor em mim de como eu seria se não encontrasse Husseina. Às vezes, tia Rose se contorcia e olhava por cima do ombro, como se uma mão invisível tivesse encostado nela. Na maioria das vezes, ela mantinha longas conversas com os catequistas africanos da missão, como o irmão Stefano, e irrompia em gargalhadas de segurar a barriga. Nunca a vi fazer isso com os pais ou com os outros missionários brancos. Outras vezes, falava sozinha, e eu tinha certeza de que era com o irmão gêmeo que ela conversava. Nesses momentos, para fazê-la se sentir menos solitária, eu ficava sozinha com ela.

Ela nos levou em grupo para o jardim ao lado da grande casa da missão, e eu coloquei minha mão na dela. No início, a dela ficou solta, então ela me olhou e apertou a minha mão. Colocamos sementes de tomate nos buracos que cavamos e as cobrimos com terra preta. Regamos o solo com uma chuva leve de água, depois voltamos para a casa da missão para almoçar. Sentei-me com os outros alunos, como nos foi ensinado, mas queria mesmo levar minha tigela de banana verde cozida e ensopado de *nkotomire* e me sentar com tia Rose, que estava na mesa dos professores.

Durante a hora da cochilo, eu não conseguia dormir. Não parava de pensar na tia Rose e no irmão dela, e depois pensei no Deus deles. A sra. Ramseyer nos disse que coisas boas aconteceram com pessoas que seguiram esse Deus, então como o Deus deles poderia ter punido essas pessoas que supostamente estavam fazendo o trabalho Dele? Eles tinham deixado o conforto da família e as coisas que eles estavam acostumados, tinham feito uma longa viagem para uma nova terra onde as pessoas não se pareciam nada com eles e, ainda assim, Ele os tinha aprisionado e levado embora um dos filhos da sra. Ramseyer. Não entendia por que coisas ruins deveriam acontecer com eles. Do jeito que entendia, pelo menos, com nosso Otienu, nosso Deus, seria apenas o destino das pessoas.

Todos nasceram com uma jornada específica. E pronto. Eu falaria com a tia Rose sobre o Deus dela, e então, se estivesse me sentindo mais ousada, perguntaria sobre seu irmão gêmeo.

Levantei-me da cama e saí do dormitório, mesmo sabendo que não devia, durante a hora do cochilo. Corri pelo gramado que tínhamos cortado naquela manhã, o que fez bolhas nos meus polegares, e subi as escadas para bater na porta da tia Rose.

Ela atendeu e me deixou entrar no quarto dela, sem fazer perguntas. Não tinha fotografias ou pinturas na parede, fazendo do quarto dela um dos mais simples da missão.

— Por que seu Deus levou seu irmão gêmeo? — soltei, sem fôlego. Minha boca foi mais rápida que meu cérebro.

Ela fechou a porta atrás dela e puxou uma cadeira para mim. Ela sentou-se para a cama.

— Mamãe deve ter lhe contado, então — ela disse, olhando para o nada. — Eu era um bebê quando aconteceu, então eu não me lembro. O que você sabe?

Repeti tudo o que a sra. Ramseyer tinha me dito.

— As pessoas que aprisionaram meus pais fizeram uma boneca de argila pintada de branco e disseram aos meus pais que ela me ajudaria a me sentir menos sozinha. Meus pais não se atreveram a dizer não aos axantes mas, assim que saímos, eles destruíram a boneca. Disseram que era um fetiche. Eu me pergunto como teria me sentido se tivesse sido autorizada a mantê-la. — Ela parou e suspirou. — Sinceramente, não sei por que meu irmão não sobreviveu. Era um menino. Deus tem suas razões pra tudo. Talvez fosse pra ensinar humildade aos meus pais; talvez pra salvar suas vidas. Talvez quando nossos captores viram que também experimentamos perda e desgosto, tiveram empatia por nós.

Vi que a estava deixando mais triste, então disse:

— Sinto muito. — Estava pensando que não gostava mesmo do Deus deles. — Eu tenho uma gêmea — disse voluntariamente. — Mas não sei onde ela está.

Tia Rose olhou para mim, então disse calmamente:

— Você tem que encontrá-la.

Não era o que eu esperava ouvir dela, então respondi:

— Ela está em um lugar cercado por muita água azul.

— Diga mais — tia Rose disse.

— Eu sonho muito com ela. Mas, de vez em quando, sonho os sonhos dela. É assim que sei onde ela está. Não consigo controlar quando tenho esses sonhos.

— Hassana, por favor, o que quer que faça, encontre sua irmã. Você tem que encontrá-la.

Se eu soubesse como, já teria feito isso há muito tempo, quase respondi. Ela me pediu para repetir os sonhos e tudo o que me lembrava. Ela estava começando a me irritar.

— Você está muito feliz aqui — ela concluiu.

— Eu não estou tão feliz. Sinto-me muito sozinha...

— Você não está infeliz. Há um padrão em tudo o que me disse. Parece que você sonha com os sonhos dela quando está infeliz. Não sei se sua irmã tem a mesma experiência, mas *você* precisa estar em profunda tristeza pra ter essa abertura com ela.

Eu não tinha percebido isso, mas parecia verdade. Mesmo quando éramos mais novas, algumas das vezes que tivemos sonhos em comum, foram quando nossa avó não queria cantar conosco porque tínhamos ficado muito tempo no poço, quando nosso pai desapareceu e quando eu ficava em um estado muito triste na casa de Wofa Sarpong. Tia Rose provavelmente estava certa.

— Como fico triste?

— Você não pode mais ficar aqui. Você precisa partir. Meus pais não vão deixar você ficar triste; eles não acreditam que crianças devam ser infelizes. Sim, às vezes, o reverendo Ramseyer é como um dragão, mas você notou como depois que ele grita ele sempre traz uma fruta ou algo bom pra te animar? Aqui é tudo muito feliz.

— Pra onde devo ir?

— Faz sentido ir pro litoral, se você vê água nos sonhos. Talvez ela esteja lá. E se ela não estiver, quando você descobrir mais, ficará mais fácil... você pode entrar em um navio e ir embora. Você está olhando pra mim como se eu estivesse pedindo pra fazer o impossível. Aonde você iria? — Ela olhou para o teto e mordeu os lábios. — Não pra uma família cristã, porque mamãe e papai conhecem todos os cristãos aqui... olha, eu fiz alguns amigos quando a polícia hauçá chegou à cidade. Um homem muito bom chamado Osman. Vou mandar uma mensagem pra ele e perguntar se podem hospedá-la. Enquanto isso, você tem que fazer algo difícil. Chame sua tristeza pra você.

Como se o reverendo e a sra. Ramseyer soubessem do meu plano, eles me trouxeram tantas boas notícias que eu não poderia ficar triste, mesmo por vontade própria. Foi um pensamento engraçado, chamar minha tristeza. Tristeza que deveria ser mantida escondida nas sombras, e aqui eu a estava procurando como se fosse um ente querido. A sra. Ramseyer me disse que eu tinha feito tanto progresso com minha leitura que poderia começar a ensinar os mais jovens da escola infantil a ler.

Eu adorava tanto ensinar que ficava pensando em encontrar músicas e contos para compartilhar com os pequenos. Mas também havia um trabalho que eu não gostava. Eles usavam nossos corpos para carregar tijolos para construir outra pensão. O tempo passou voando, e eu não tive os sonhos da minha irmã. Tia Rose me lançava olhares acusatórios e eu comecei a evitá-la, porque parecia que eu estava falhando com ela.

Quando fiz doze anos, eles me tiraram do dormitório com as outras crianças e me deram meu próprio espaço na nova casa que ajudamos a construir. Afua chorou como se eu estivesse a abandonando. Tia Rose me encurralou enquanto eu esticava o lençol para fazer minha cama.

— Contei a eles uma longa história explicando que, pra ensinar, você precisa de mais espaço pra si mesma — ela disse. — Agora, faça o que puder pra encontrar sua irmã.

Naquela noite, pensei nas últimas imagens que vi da minha mãe e da nossa aldeia queimando até o chão. Machuquei-me dentro de uma bola de tristeza que não se dissipou mesmo enquanto dormia.

Nossos cabelos se expandem fora de nossas cabeças como pétalas grandes. De repente trançado, o cabelo dela cresce mais do que o meu. Torna-se uma longa estrada interminável.

Meus sonhos ficaram mais estranhos, mas ainda não eram sonhos de Husseina.

Fiz treze anos e a sra. Ramseyer disse que eu seria a pessoa certa para convencer gente em lugares como Axante que eles poderiam aprender a Bíblia. Eu só precisava ser batizada. Disse a ela que não me sentia pronta. Os olhos dela perderam o brilho.

— Hassana — ela disse. — Você terá de ser batizada se quiser continuar fazendo esse tipo de trabalho. Estamos deixando você ensinar os pequenos, mas se você quer crescer, você tem que se tornar cristã. Não pode permanecer pagã pra sempre.

A palavra *pagã*, dita inocentemente, ficou em mim. Pesou sobre mim enquanto eu a considerava em meu idioma. Ela carregava consigo uma impureza, o oposto de algo bom. Conhecia muitos pagãos, e eles estavam longe de serem impuros e maus. Eu poderia mentir e dizer que aceitava o novo nome que eles me dariam, deixá-los derramar a água sobre minha cabeça, apenas para manter a paz. Mas não queria ser desonesta. Quando compartilhei isso com a tia Rose, ela me surpreendeu dizendo que encontrar minha irmã era mais importante do que ser batizada. No final do ano, quando a tia Rose foi incumbida de ir a Acra para conhecer novos missionários que tinham chegado, disse que me levaria com ela. Foi a maior briga que eu já tinha visto na missão.

— A garota vai ficar — o reverendo Ramseyer disparou.

— Custa muito viajar pra Acra. Precisamos que ela vá para Kumasi. A única maneira que os nativos vão acreditar é se virem alguém como eles.

— Seria bom pra ela vir comigo — tia Rose disse.

— Acra não é lugar para uma criança de treze anos — a sra. Ramseyer disse.

— Ela estará comigo — tia Rose contestou.

— Ela é brilhante e a missão precisa dela, e isso está decidido — o reverendo Ramseyer decretou.

Eles continuaram brigando até o reverendo Ramseyer gritar que não haveria mais discussão sobre o assunto.

Naquela noite, fui acordada abruptamente pela tia Rose, que disse para eu me vestir. A missão estava tão tranquila que eu podia ouvir a respiração áspera dela. Levantei-me e meu joelho bateu na cadeira perto da mesa. Tia Rose, cujo rosto eu não conseguia ver, deve ter me lançado um olhar de repreensão.

— Seja rápida e cuidadosa — ela disse.

Deslizei para dentro das roupas, peguei meu atlas e dois outros vestidos que a missão tinha me dado. Tia Rose pegou minha Bíblia, que eu estava prestes a abandonar. Então saímos do quarto e descemos as escadas. No escuro da noite, encontramos dois garotos, um carregador e outro que nos levariam até Acra. Fiquei triste por não me despedir de Afua, que era como a sombra de uma pessoa; desejei que ela se saísse bem sem mim.

Viajar para Acra envolveu dois dias de caminhada, e foi o oposto da viagem que fiz para Abetifi, quando tínhamos subido cada vez mais alto. Para chegar até Acra, descemos as montanhas.

Em Acra, tia Rose e eu nos esprememos em um tipo de carroça em que mal cabia uma pessoa, com dois homens nos puxando na frente e dois homens empurrando pelas costas. Eles nos deixaram em uma área perto do mar, e eu me vi com dificuldades para respirar porque o ar estava úmido. Havia uma batida constante da água contra uma parede. Uma vez que meu corpo se ajustou, o ar parecia apertar menos meus pulmões do que nas montanhas. Acra era um mundo frenético, especialmente porque eu estava tão cansada depois da nossa jornada. Tinha mais gente do que eu jamais vi em qualquer outro lugar. Havia casas que superavam a casa da missão em tamanho, muitas delas.

Tia Rose disse que me levaria à casa do oficial Osman antes de buscar os missionários, porque seria mais fácil contar uma história sem muitas testemunhas. Ela diria aos pais que eu tinha fugido, o que não era incomum – vi seis pessoas fugirem da missão enquanto estive lá. Todos eles foram para Acra. Não fiquei muito satisfeita com a sra. Ramseyer pensando em mim como uma fugitiva ingrata, mas minha reputação poderia ser deixada de lado. Eu tinha que encontrar Husseina.

Tia Rose falou com Hajia Shetu, esposa do oficial Osman, cujo marido não estava em casa, mas estava nos esperando. Tia Rose colocou moedas e anotações na palma da minha mão. Ela me agarrou pelos ombros, olhou para mim e me pediu para continuar acreditando que encontraria Husseina. Então, levou Hajia para o lado de fora da casa de cor de lama. Senti-me nua enquanto esperava por elas. Quando voltaram, Hajia me perguntou como estava meu hauçá. Eu disse que estava bem. Perguntou como acabei na missão, e eu percebi quanto do idioma eu havia perdido quando fazer frases tornou-se difícil. Eu poderia falar gurma, hauçá, inglês e twi, mas as primeiras línguas que aprendi foram sendo engolidas pelas novas.

Era quase como se Hajia estivesse esperando a sombra da tia Rose desaparecer para se revelar verdadeiramente para mim. O sorriso de dente de ouro dela, que eu tinha achado tão acolhedor e quente, escondeu-se dentro dos lábios rígidos. Perguntei-me se acabaria como uma das heroínas nas histórias que a tia Rose me apresentou, uma criança maltratada.

— Você tem que ganhar seu sustento aqui — Hajia disse. — Não somos missionários europeus que podem apenas alimentar bocas. Você cozinha, limpa e lava nesta casa, e será ainda melhor se você encontrar trabalho.

Eu queria correr atrás da tia Rose, para dizer a ela que tinha que haver outra maneira de encontrar Husseina, mas pela forma como Hajia preencheu a porta com o próprio corpo, bloqueando a luz do sol, soube que seria impossível. Ela passou por mim e foi para a direita de um pequeno corredor ladeado por uma cortina.

— Você vai dormir aqui — ela disse.

Era reservado, mas não como os quartos da missão. Não parecia um quarto; pelo menos lá tínhamos camas e janelas com vista para jardins e colinas. Ali, as paredes eram da cor da lama, a cama era um colchão no chão, e ali era claramente o depósito das inúmeras bacias de Hajia. Havia uma pequena janela, mas estava fechada. Abri, e a vista era a parede da casa do vizinho. Decidi encontrar trabalho assim que pudesse, ganhar dinheiro e sair daquela casa.

O plano não seria tão fácil quanto eu pensei, porque Hajia se certificou de que meus dias estivessem repletos com o trabalho *dela*. Ela vendia *waakye*, um prato de arroz e feijão, em frente ao prédio da Suprema Corte, onde as pessoas que compravam comida não eram os funcionários dali, mas pessoas que tinham ido apresentar os casos delas ou as acusadas de uma coisa ou outra. No primeiro mês, ela não me deixou sair de vista. De manhã, eu limpava o banheiro, fervia feijões, separava o arroz, preparava as cumbucas, fazia café da manhã para o marido dela e os dois filhos, e então, quando os homens saíam – oficial Osman para o mercado Salaga, e os filhos para *makaranta*, para estudar na madraça –, eu limpava todos os quartos, tomava banho e, em seguida, acompanhava Hajia para vender arroz. Meu cérebro encolheu todos os dias em que estive lá, preparando folhas de banana para os clientes dela. Então, sempre que encontrava um pedaço de jornal, eu o escondia na cesta de folhas para que pudesse ler com a luz da manhã. À noite, eu não tinha uma lamparina e vela para poder ler.

Foi deitada no escuro, uma noite, depois de cerca de dois meses da mesma rotina, que minha tristeza tomou conta de mim. Levou-me a um sono profundo, um em que meu corpo ficou tão pesado que seria preciso um tremor forte para me trazer de volta à vida acordada.

Está chovendo. É exuberante. Meus pés estão plantados em terra preta. Estendo o pescoço e a casa à minha frente é cor de tijolo. Diante de mim estão pessoas – mulheres – vestidas de branco. Lenços brancos, blusas brancas, colares coloridos, braços adornados com pulseiras. Eles estão prestes a dançar.

Eu estava de volta ao meu corpo, suando, com um estranho impulso repentino de deslizar minha mão entre minhas pernas. Lá embaixo tinha um líquido grosso de uma forma que nunca tinha sentido antes. Esfreguei entre os dedos e o aproximei do meu nariz. Sangue. Eu estava sangrando. Esperava que viesse algum dia, mas não sabia quando. Embora minhas pernas estivessem vacilantes, mantive o medo apertado no peito. Tinha visto minha irmã mais velha passar por isso todos os meses. Ela pegava pacotes de algodão da fazenda de Wofa Sarpong e os colocava entre as pernas. Eu não tinha algodão por perto, mas tinha minhas roupas. Um belo vestido que a sra. Ramseyer costurou para mim, o vestido que eu tinha usado para ir a Acra, feito do algodão mais macio. Eu não usaria um vestido tão chique na casa de Hajia. Peguei meu saco de roupas e vasculhei. Quando meus dedos sentiram a leveza do vestido, eu o puxei para fora do saco. Procurei uma costura e forcei a bainha até ouvir se romper. Então, rasguei o vestido em tiras, engolindo o que de repente bloqueou minha garganta, porque eu não tinha mais vestidos bonitos. Fiz doze tiras, para ter quatro maços de algodão que eu poderia lavar e usar novamente.

Acho que significava que agora eu era uma mulher – Aminah justificou assim quando perguntei por que ela estava sangrando – mas eu não me sentia diferente.

Quando me deitei, repassei as cenas do sonho vívido que tinha trazido meu sangue. As pessoas estavam vestidas tão diferente de todos que eu tinha conhecido em minha jornada até agora. Elas não pareciam como nós fazíamos em Botu, com nossas roupas de algodão leve. Também nada tinham a ver com o povo de Kintampo em seus tecidos coloridos, e eles não lembravam a sra. Ramseyer e os outros missionários. Até então, eu não tinha visto ninguém vestido de tal forma em Acra. As pessoas usavam longos mantos para raspar a terra ou túnicas, assim como em Kintampo. Era assim que as pessoas se vestiam onde Husseina estava?

O mês do Ramadã chegou, e Hajia parou de vender comida. Nunca me senti tão confinada na minha vida. Pelo menos a fazenda de Wofa Sarpong era cheia de árvores e podíamos nos sentar ao pé delas quando terminávamos nossas tarefas. Agora, o único lugar para onde eu poderia me retirar era o depósito que chamei de quarto. Os filhos dela também não iriam para a escola, então a casinha encolheu de tamanho enquanto ocupávamos os quartos. Depois veio o calor. Era o tipo de calor que encobria o corpo e deixava uma camada de suor grudado na pele. Era o tipo de calor que não se podia escapar. Dentro ou fora, era a mesma coisa. Mas eu não podia ficar dentro de casa por tanto tempo, então, muitas vezes, à tarde, enquanto Hajia estava dormindo, eu me sentava na varanda e lia os recortes de jornal que o oficial Osman levava para mim. Ele não conseguia ler, mas era quando ele comprava um quilo de carne ou nozes-de-cola e passava os dias mastigando, que eu conseguia os jornais. Eu não tinha percebido que ele havia notado, mas começou a tirar o que quer que fosse que estava embrulhado no jornal e sorrateiramente me entregava. Havia o *Gold Coast Echo*, o *Western Echo* e *Gold Coast People*.

— O que diz aí? — o oficial Osman ia ao lado de fora e sussurrava de vez em quando.

Os britânicos e os axantes – era tudo o que ele queria saber. Dois poderes que já tinham lutado três guerras, e estavam à beira de mais uma.

Pelos jornais, eu sabia que o governo britânico, com sede em Acra, queria ir para a guerra, simplesmente para render o povo axante à própria vontade e tê-los incluídos no que eles chamavam de "o protetorado". O oficial Osman era como meu *baba*: ambos eram homens quietos que eram atraídos por mulheres fortes. Por causa disso, eu fui sincera com ele, contando-lhe sobre a visita fracassada da delegação axante à Inglaterra para implorar que fosse deixada em paz. Disse a ele que o governo estava pedindo recrutas do povo sob sua proteção na Costa do Ouro para que lutassem na guerra iminente com os axantes, e até agora, o comandante Ga tinha recusado.

— Se for chamado, você vai? — perguntei.

— Um soldado tem que cumprir seu dever — ele disse.

Eu apoiaria o oficial Osman e os britânicos, porque eram os axantes que tinham sequestrado os Ramseyer fazendo com que o gêmeo da tia Rose morresse.

Quando ele voltou para dentro, eu li os tópicos que *me* interessavam: debates acontecendo na Costa do Cabo, que parecia ser um lugar muito mais interessante do que Acra. Devorei artigos sobre o fim da prática da escravidão. Então, deparei-me com um artigo do *Western Echo* chamado "Coluna das Damas". Partes dele estavam manchados de óleo de palma, mas o que era legível pedia às mulheres para não se "reduzirem a especialistas nas regras da Economia Doméstica... O século XIX chama... para um trabalho mais exaltado e maior; e esse trabalho é o cultivo do intelecto".

Era exatamente o que eu precisava ouvir. O trabalho de Hajia estava ressecando meu cérebro e eu poderia estar ensinando, fazendo um trabalho útil, não lavando tigelas sujas. Além disso, precisava de mais dinheiro.

Era o empurrão que eu precisava. Fui até Hajia naquela tarde, quando ela acordou do cochilo e depois que ela fez o Asr, a oração da tarde.

— Sonhei com minha irmã — eu disse.

Seus olhos arregalaram-se surpresos por alguns segundos e ela recompôs o rosto em seguida.

— E?

— Eu gostaria de encontrar outro trabalho, pra que possa ganhar dinheiro e encontrá-la.

— Você é livre pra trabalhar em qualquer lugar que você goste. Ninguém vai mantê-la aqui à força. Sei que você vai tentar me levar ao tribunal por forçá-la a trabalhar pra mim contra a sua vontade... Você pode ir aonde quiser.

Nos jornais, havia histórias de pessoas sendo acusadas de comércio e posse de escravos, mas eu tinha vindo de vontade própria até Hajia, mesmo que fosse verdade que eu estava em uma situação que não era diferente da que vivi com Wofa Sarpong. Sabia que ela e o oficial Osman estavam me mantendo como um favor à tia Rose. Não havia nenhuma maneira de acusá-la de qualquer coisa. Eu só não queria mais fazer o trabalho maçante.

— Obrigada — eu disse, abrindo bem meus olhos.

— As regras ainda são as mesmas. Você ainda faz o seu trabalho doméstico enquanto estiver aqui.

Meu primeiro grande avanço veio no dia em que o oficial Osman me enviou para pegar o uniforme dele, necessário para a investida militar chamada de "Segunda Expedição para Axante". Às vezes ele me enviava para tarefas perto do mercado – distribuir nozes para seus amigos, principalmente.

— Vá para a Casa das Tesouras — ele disse. — Não é longe. A loja tem uma placa, mas, se você se perder, pergunte a qualquer um por *Shipemli*; isso significa "dentro do navio".

Como ele instruiu, caminhei ao longo da rua Zion até a estrada Horse e virei à direita. E lá estava a casa, pintada de verde e amarelo. Entrei pela primeira porta sob a placa, onde encontrei uma fila de homens mais ou menos da idade do oficial Osman também pegando os próprios uniformes. Fiquei na fila atrás deles enquanto conversavam em hauçá. Os que estavam na minha frente não se viam desde outra guerra em Kumasi, vinte anos antes. Perguntaram um ao outro sobre soldados com quem tinham servido e pareciam muito felizes por terem se reunido. Encheu meu coração de empolgação. No dia em que Husseina e eu nos virmos, qual seria nossa reação?

Quando chegou minha vez, mencionei o nome do oficial Osman e disse que ele não podia ir, mas mostrei ao homem atrás do balcão o que o oficial tinha me dado como prova de quem ele era.

— *Tá bom* — o homem de pele marrom disse em português e procurou por uma grade de roupas atrás dele.

Quando me deu o uniforme, revigorado e preto, agradeci--lhe. Meus olhos viajaram acima dele, para uma foto de uma mulher sentada com um lenço branco em volta da cabeça, pescoço e pulsos com muitos colares e pulseiras. Ela usava uma blusa branca de renda. Abaixo dela, tinha letras inscritas, mas eram muito pequenas para eu ler. Os pelos dos meus braços se eriçaram.

— Quem é aquela? — perguntei ao homem, apontando para a foto.

— *Minha mãe* — ele respondeu em português.

— O que isso quer dizer?

— Minha mãe — repetiu em hauçá.

— Onde ela está?

— Você faz muita pergunta. Isso foi no Brasil. Mas ela está com os ancestrais agora.

Finalmente, meu sonho me levou ao nome de um lugar. Eu tinha mais perguntas, mas outros soldados estavam atrás de mim na fila, esperando para pegar os uniformes. Agradeci ao homem e voltei para a casa de Hajia.

Entreguei o uniforme ao oficial Osman e ele sorriu, acariciando os botões do uniforme, com uma expressão que li como orgulho. Eu me perguntei como seria lutar uma guerra, mas tinha pensamentos mais urgentes: precisava localizar o Brasil. Corri para encontrar meu atlas. Estudei o mapa africano, mas não consegui encontrar um lugar chamado Brasil. Quando Hajia me chamou para ajudá-la na cozinha, eu ainda não tinha encontrado o lugar.

Eu precisava trabalhar antes da noite cair, então peguei o atlas, sentei-me na varanda do lado de fora e coloquei meu polegar em Acra. Lembrei-me da água. O Brasil tinha que ser um lugar do outro lado do mar, então tracei meu dedo indicador sobre o azul grande do mar e movi para baixo, porque parecia o lugar mais fácil de ir. Fui em linha reta e quando meu dedo chegou em uma área de terra, lá estava, um grande território em forma de uma coxa de frango. Brasil. Era onde minha irmã estava.

Eu tinha que encontrar uma desculpa para rever o homem da Casa das Tesouras, então, no dia seguinte, disse a Hajia que eu tinha esquecido algo lá. Por sorte, encontrei o mesmo homem sentado atrás de uma máquina que me lembrava um cavalo.

— Quero ir ao Brasil — disse a ele.

— Bom dia, garotinha — ele disse. — Fazer o quê no Brasil? — ele perguntou, olhando sobre os óculos, com uma fita métrica envolta em seus ombros.

— Pra encontrar minha irmã.

— É um lugar grande. Ela está no Rio de Janeiro, Bahia ou Pernambuco?

Eu só tinha olhado onde o Brasil estava no mapa e não sabia desses lugares que ele estava falando. Minha cabeça doeu. A cada passo que dava, o abismo entre Husseina e eu se ampliava. Ela estava pensando em mim? Ela entrou em *meus* sonhos?

— Senhor — eu disse. — Como eles te chamam, por favor?

— Nelson.

— Sr. Nelson, sua mãe dançava?

— Ela adorava!

— As pessoas só usam branco no Brasil?

Ele riu profundamente.

— Muitos, sim. Principalmente pra cerimônias.

— Como eu vou para o Brasil?

— Navio.

— É por isso que este lugar se chama *Shipemli*?

— As pessoas dizem que viemos de um navio. Alguns até dizem que nosso comércio se parece com a parte de dentro de um navio.

No canto do cômodo tinha uma montanha de papel amarelado. Pensei rápido.

— Você tem um guarda-livros? — perguntei.

Ele balançou a cabeça.

— Eu sou magnífica com palavras, números e manter tudo em ordem. Você pode me pagar pra cuidar dos seus livros, e me diz tudo o que preciso saber sobre o Brasil.

O homem riu e segurou seu peito.

— Tudo bem, garotinha. Só porque você me lembra da minha filha.

Se Husseina falou no sonho dela, agora eu tinha alguém que poderia traduzir suas palavras para mim. Talvez ela dissesse onde estava morando.

capítulo cinco
VITÓRIA

Salvador da Bahia era como o amarelo dentro de uma flor. Era o momento logo após a chuva, quando o sol brilha com força total. Todos os tons de pele do mundo reunidos em um só lugar. Enquanto Husseina e Yaya seguiam em um bonde a vapor, a menina se maravilhava com o quão rico era tudo ao redor. Era como se estivesse vendo, cheirando e saboreando pela primeira vez. Na Bahia, como uma cobra, Husseina trocou de pele, largando a dor do nome e do passado que carregava, e abraçando completamente Vitória.

Quando chegaram na pequena casa de tijolos laranjas de Yaya em uma encosta, um grupo inteiro as esperava. Em sua maioria mulheres, tinham decorado os cantos da casa com flores brancas e vermelhas, cozinharam feijão, assaram um leitão, fritaram bananas-da-terra e banharam o *gari* – que ali chamavam de farinha – com um espesso óleo de palma. Elas cuidaram de Vitória, apertando-a contra os próprios peitos e certificando-se de que o prato dela nunca estivesse vazio. Ela se sentiu parte do grupo, mesmo que nem sempre entendesse o que diziam, principalmente quando falavam em um ritmo musical acelerado. Ela adorou que o bairro de Yaya se chamasse Liberdade. Isso a fez sentir como se estivesse chutando areia nos olhos das pessoas que tinham invadido sua aldeia e a sequestrado. Agora ela vivia em um lugar chamado Liberdade. Ela era Vitória e vivia na Liberdade.

Yaya rapidamente voltou aos antigos hábitos e não perdeu tempo em planejar e organizar uma cerimônia do Candomblé, a ser realizada naquele fim de semana. Vitória se perguntou quando a novidade daquele lugar passaria. Como Salvador era diferente de Lagos! Até Yaya era diferente aqui. Ficou claro que a casa de Lagos era a casa dos sonhos de Yaya, inspirada em algumas das grandes casas que Vitória viu em Salvador. Aqui, Vitória não tinha certeza se Yaya poderia pagar uma casa tão grande, mas em Lagos, ela conseguia. Aqui, Yaya se curvava quando recebia visitantes, com os ombros caídos em uma postura que Vitória leu como tristeza. Em Lagos, as pessoas se curvavam aos pés de Yaya. Ela encolhia na Bahia, mas havia algo ali que sempre a fazia voltar.

Elas foram ao mercado. Vitória estava acostumada a mercados abertos, mas naquele os vendedores tinham barracas sob um grande pavilhão. Embora eles vendessem produtos que ela estava acostumada a ver – carne, peixe, legumes –, algumas folhas e galhos pareciam diferentes. Yaya andou pelo mercado e comprou esses itens desconhecidos. Quando uma mulher ofereceu nozes-de--cola, Yaya balançou a cabeça, orgulhosamente proclamando que ela tinha acabado de voltar da pátria-mãe com uma carga fresca. Elas foram para a seção de produtos animais, que cheirava a carne crua e fezes de frango. Yaya comprou três galinhas brancas, que o vendedor amarrou pelos pés e as colocou na cesta que Vitória foi obrigada a carregar. O único conforto que ela encontrou foi que os bicos também estavam amarrados. Compraram tanta comida que tiveram que contratar dois garotos para levar as mercadorias até a casa de Yaya.

Quando elas chegaram à Bahia, as chuvas estavam começando, mas não parecia que a estação seca estava terminando. Em Botu, tudo murchava e ficava coberto pela poeira vermelha. Em Salvador, as plantas continuavam verdes e flores desabrochavam em tons de rosa, amarelo e laranja. Enquanto Vitória subia o morro, ela se surpreendeu ao encontrar um jardim colorido em frente a uma casa não muito diferente da de Yaya, mas com uma lua e uma estrela inscritas na parede. As gravuras eram tão apagadas, que poderiam ter passado despercebidas, mas não passaram. Tinha que ser uma mesquita, o que era surpreendente. Foi como ver um leão tomando banho em um tanque. Estava fora de lugar. Em Lagos, havia igrejas e mesquitas, mas ela não tinha visto nada como uma mesquita em Salvador. Igrejas estavam em cada esquina. Assim como os terreiros, templos escondidos em casas e florestas – como era o de Yaya. Ela tirou a mesquita da mente e pegou a cesta de galinhas, folhas e galhos nodosos.

As compras eram para uma cerimônia que não seria realizada na casa de Yaya, como faziam em Lagos, mas em um pequeno terreiro localizado em uma floresta. Ela, Yaya e algumas das mulheres que Vitória conheceu na casa de Yaya passaram o sábado limpando o salão empoeirado e mofado, e colocando folhas de palmeiras para afastar os maus espíritos. Vitória não conseguia entender como o seco e o molhado conviviam em Salvador. O lugar estava empoeirado e mofado ao mesmo tempo. Elas amarraram tiras de pano vermelho em colunas e em qualquer coisa que desse para amarrar. Vermelho. A cor favorita de Xangô. O orixá que tinha escolhido Yaya.

Em um quarto pequeno, Yaya e uma mulher de nome Maria, que insistia em chamar Vitória de Bela, cozinhavam. "Bela, mas por que você é tão bonita?" Ela dizia. Ninguém nunca a tinha chamado assim antes.

À noite, todos tinham trocado de roupas, colocando longos mantos brancos com saia. Três jovens chegaram cedo. Dois se sentaram atrás de atabaques de madeira, alongados e com cordas entrecruzadas, e um sacudiu um xequerê, dando-o vida com o chocalhar de cem búzios contra uma cabaça. Vitória serviu copos de água e suco de melancia. O do meio sorriu amplamente e o coração dela se contorceu. Então sorriu de volta. Yaya se aconchegou em uma cadeira grande que a fazia parecer uma rainha enquanto os filhos de santo entraram no terreiro.

Mesmo com mais gente entrando, Vitória não deixava de buscar o rosto do garoto. Isso era novo para ela, fazia o coração sonhar. Ela se juntou às mulheres do lado esquerdo da sala. Os homens sentaram-se à direita. O soar de um gongo e os atabaques começaram, fazendo alguns dos filhos de santo se levantarem. Eles cantaram, bateram palmas e formaram um círculo.

Duas pessoas, um homem e uma mulher, giraram enquanto a música se intensificava. Eles andavam leve e rapidamente, os pés deles mal tocando o chão. Uma jovem gemeu alto e caiu de joelhos enquanto recebia seu orixá.

Irmã Maria e outra mulher mais velha correram e limparam a testa dela, movendo-a para mais perto dos atabaques. Outro homem balançou para a frente e para trás, deslizando em transe. Muitos outros entraram em transes conforme o ponto seguia. Yaya guiou o primeiro homem que recebeu Xangô até uma sala lateral. Os filhos de santo continuaram a cantar músicas das quais Vitória conhecia apenas algumas, principalmente pelo ritmo.

A parte que ela amava começou. Alguém vestido de Xangô emergiu pela mesma porta que Yaya tinha saído. Ele usava uma coroa com contas vermelhas cobrindo os olhos, o pescoço dele estava anelado com contas vermelhas, e ele usava uma espécie de saia vermelha em torno da cintura. Ele segurava dois machados e fez belos e ferozes movimentos pela sala. Quando a percussão parou, o olhar de Vitória mudou para o ogã no meio, cujo rosto brilhava de suor.

A cerimônia terminou e Vitória correu para a cozinha, pois esqueceu completamente que deveria estar distribuindo comida para os convidados. Irmã Maria estava lá e passou os pratos para Vitória sem repreendê-la. Vitória serviu aos convidados, enquanto perambulava entre o salão de cerimônia e a cozinha. Quando chegou na frente do ogã, antes que pudesse se segurar, disse:

— Você toca lindamente. Meu nome é Vitória.

— Joaquim — ele disse. Os olhos dele eram verdes, em contraste com a cor da sua pele, que era mais escura do que a dela. Ele começou a limpar o atabaque. — Ah, você é a afilhada de Yaya.

Ela concordou com a cabeça.

— Antes da cerimônia, ela nos disse que você acabou de chegar da pátria-mãe. Eu adoraria visitar a África.

Vitória espreitou Yaya, que estava com a cabeça abaixada, sussurrando para outra senhora mais velha de branco e explodindo em risos profundos.

— Diga-me se você precisar de alguma coisa — Joaquim ofereceu, continuando a limpar as laterais do tambor. Então, ele apontou para os outros filhos de santo. — Essas pessoas não sabem, mas eu sou o prefeito de São Salvador.

— Senhor prefeito, você me mostraria a *sua* Salvador? — ela perguntou.

— Com prazer — Joaquim disse.

A espera pelo encontro deles pareceu eterna. Até lá, tudo vinha disfarçado de tarefa. Como quando Yaya a fez cozinhar carne de baleia, que era a carne mais estranha que Vitória já tinha visto. Era macia, mas ela não conseguia decidir se parecia mais com frango ou peixe. De qualquer forma, ela não estava comendo. Era para um convidado importante que tinha um paladar especial.

Quando o convidado chegou, um homem mais velho, ele mal tocou os dedos de Vitória quando a cumprimentou, como se estivessem sujos, e sentou-se na beirada da cadeira. Ele e Yaya falavam tão rápido que foi difícil entender a maior parte da conversa. Falaram sobre política – por causa de alguma guerra que estava acontecendo no interior da Bahia, Yaya teria que ter cuidado com as cerimônias do Candomblé. Vitória aos poucos entendia por que, antes de vir para a Bahia, Yaya havia dito a ela para declarar ser católica. Yaya explicou que, no passado, os escravagistas não queriam que as pessoas que eles tinham comprado praticassem as próprias religiões, então elas fingiam ser católicas e apenas convertiam seus orixás para santos católicos. Não era seguro ser nada além de católico. Como Iemanjá a escolheu, ela deveria dizer que adorava a Virgem Maria, Nossa Senhora da Conceição.

O homem segurava tudo tão delicadamente, Vitória tinha a impressão de que ele próprio era tão leve que se ela o assoprasse, ele cairia. A pele dele era quase transparente, e as sobrancelhas e bigode eram grossos e brancos. Quando eles se sentaram à mesa, ele segurou o prato de bananas verdes, carne de baleia e legumes pela borda, e foi só quando se foi que Yaya o chamou de canalha. Um patife.

Vitória, a caminho da cozinha com os pratos sujos, tinha visto Yaya colocar algo na palma da mão dele. Alguns réis, ela tinha certeza. Quanto, ela só podia estimar.

Era em momentos como aqueles que Vitória se perguntava se a vida não era melhor para Yaya e ela mesma em Lagos, mas Lagos tinha Baba Kaseko.

Vitória não disse a Yaya que ela e Joaquim tinham planejado um passeio. Ela não sabia por que já se sentia culpada sem ter feito nada de errado. Ela vestiu um longo vestido amarelo, separou o cabelo, espalhou nele óleo de coco, e fez duas tranças que caíam pelas costas.

— Você está bonita — Yaya disse.

— Obrigada — Vitória disse. Ela fez uma pausa, e depois continuou. — Joaquim vai me levar pra passear.

Yaya enrugou os lábios e encolheu os ombros antes de dizer:

— Ele é um bom menino. Bem-educado. Quando você vir o sol começar a se pôr, volte pra casa.

Três palmas estalaram de fora, anunciando a presença de alguém à porta. Uma batida depois, ela percebeu que as palmas a paralisaram tanto que Yaya teve que atender a porta. Ela estava nervosa.

— Meu filho — Yaya disse. — Cuide bem da Vitória, hein? Voltem antes de escurecer.

Vitória saiu para o caminho florido em frente à casa. Joaquim usava uma camisa branca simples, calça marrom, chapéu de palha e estava descalço. Ele claramente não tinha investido nenhum tempo ou esforço para se arrumar. Mas a simplicidade dele tinha seu charme.

Enquanto caminhava, ele apontou para as casas e disse:

— Aquele é o nosso quilombo. Vivemos aqui desde que os primeiros escravizados decidiram fugir pra cá, longe dos senhores. É por isso que se chama Liberdade.

Vitória sabia que na Bahia todos os dias havia lembranças de que o fim da escravidão havia sido declarado apenas alguns anos antes. Como o fato de Yaya e os outros membros do terreiro não poderem adorar abertamente, e ainda terem que se esconder atrás de santos católicos. Ela se perguntou se Joaquim tinha conhecido a escravidão como ela tinha. Mas não gostava de pensar no passado. Em vez disso, perguntou-lhe para onde estavam indo.

— Eu vou te mostrar meus lugares favoritos.

Eles caminharam pela colina, passando pela casa que parecia uma mesquita, e depois a rua principal, onde cavalos e carroças passavam e onde os bondes sopravam fumaça enquanto passavam pelos trilhos, com um som de *tchucu-tchaca-tchucu-tchaca* os acompanhando. A baía estava à direita e eles caminharam ao longo de uma rua praticamente abandonada até chegarem a uma praça com uma enxurrada de guarda-sóis sob os quais mulheres vendiam acarajé frito em oceanos de óleo de palma. Era quase como Lagos, mas os sons eram diferentes. As pessoas cantavam quando falavam. Acenavam para Joaquim e o provocavam sobre Vitória, batendo as próprias coxas enquanto Joaquim apontava o dedo para eles. Homens sem camisa levando mercadorias para dentro e para fora das lojas paravam para provocar Joaquim também.

Ele era muito popular.

— Esses ganhadeiros não têm mais nada pra fazer além de fofocas. Eles não têm respeito pelo próprio prefeito.

No topo da ladeira, eles chegaram a um quarteirão de paralelepípedos cercado por casas amarelas, azuis, verde-claras e cor-de-rosa. Essas construções sempre lembravam Vitória dos bolos que Yaya Silvina fazia para as cerimônias de Iemanjá.

— O Pelourinho — ele disse.

— Quem não conhece o Pelourinho? — Vitória disse.

— Eu vou te mostrar o outro lado dele.

Uma mulher se destacava atrás de uma grande bacia de óleo de palma borbulhante acenou para eles, e Joaquim acenou de volta.

— Ela é a única mãe que eu vou. *Tudo bem, Mãe Stella?*

— *Tudo bem* — a mulher grande respondeu, tirando bolas douradas de acarajé de uma cesta ao lado dela.

Joaquim comprou uma folha de banana cheia de bolinhos de feijão crocante e agradeceu a Mãe Stella.

Em frente a uma casa roxa em ruínas, Joaquim empurrou uma porta com machas marrons e brancas de chuva e sol. Eles entraram em uma sala cheia de poltronas desbotadas com algodão saindo dos estofados. Aos pés dos móveis nasciam ervas daninhas. Vitória pisou nelas e girou o pé.

— Bem-vinda à minha casa — ela começou, mas Joaquim interrompeu os pensamentos dela.

— Quando a escravidão foi abolida, eles fugiram.

Eles. Vitória tinha certeza de que ele se referia aos brancos. O Pelourinho foi o lugar em que os escravizados eram amarrados nos postes e açoitados publicamente por desobedecer aos senhores. Vitória estremeceu com o pensamento do que Joaquim, os antepassados dele, ou mesmo Yaya, poderiam ter sofrido. Ela tinha certeza de que os brancos fugiram porque temiam o que aconteceria com eles.

Ele a conduziu escada acima, passando por quartos fantasmagóricos, e entraram na varanda. De lá eles podiam ver todo o quarteirão, os telhados da igreja Nossa Senhora do Rosário dos Pretos e além da baía.

— Vivemos em um lugar lindo — ela disse.

— Lindo, mas assombrado — ele disse.

Gritos irromperam lá de baixo. Vitória não precisou esticar muito o pescoço para olhar, pois um grupo de crianças apareceu, empurrando umas às outras. Um garoto correu em frente ao bando e enfiou na cara um pedaço de acarajé, que ele provavelmente deveria compartilhar com os outros.

— Órfãos — Joaquim explicou.

— Onde eles dormem? — Vitória perguntou, pensando em como ela poderia ter acabado sem um teto se Yaya não a tivesse salvado de Baba Kaseko. Os rostos deles estavam com uma camada de sujeira.

— Nessas casas — Joaquim disse. — E um dos meus orixás favoritos, Ibeji, os protege.

Vitória conhecia Ibeji, e vinha fazendo de tudo para evitar lidar com o orixá dos gêmeos.

Joaquim perguntou se ela já tinha ido ao festival de Ibeji. Ela negou com a cabeça.

— Vamos este ano. No festival, os adultos têm que esperar nós comermos antes que eles possam comer. Eu gostaria que todos os dias fosse o dia de Ibeji.

Hassana adoraria tal celebração, Vitória pensou, mas logo afastou os pensamentos da irmã. Então, observou Joaquim enquanto ele falava, notando sardas em ambos os lados do rosto dele, e que, quando os lábios dele rachavam em um sorriso, o dente da frente tinha uma pequena lasca. Ele pegou a mão dela, e eles desceram e saíram da casa. Em uma fonte coberta de azulejos azuis e brancos, Joaquim se agachou e deixou a água derramar na boca e ao longo do pescoço. Ele limpou a boca com a parte de trás da mão. Vitória achou os gestos dele simples, sem pretensão. Ele era o oposto do homem que tinha visitado a casa de Yaya.

— Por que não é seguro praticar Candomblé? — Vitória perguntou.

— Quem disse isso?

— É só uma conversa que ouvi.

— Aqui há dois tipos de pessoas. Pra um, a África é tudo. E para o outro, a África é nada. Pior do que nada. Nossa pele, nossa comida, nosso lindo Candomblé… eles querem tirá-lo de nós. Eles mandam a polícia pra nos separar. Eles fecham nossos terreiros.

Vitória tinha certeza de que Yaya estava pagando para manter o terreiro aberto.

Eles passaram por edifícios majestosos que pareciam tão vazios que deviam ter fantasmas morando neles. Foram ao Elevador Lacerda, no qual Joaquim com orgulho proclamou que o pai trabalhou nele. Levou-os do Pelourinho, na parte alta, até o porto abaixo. Eles caminharam ao longo da costa e Joaquim tinha tanto a dizer que ela não percebeu que eles estavam dando a volta. E, quando reparou, eles estavam ao pé do morro da Liberdade. Joaquim a levou até a casa de Yaya e prometeu mostrar mais a ela.

Em Salvador, o dia a dia de Vitória era quase um espelho da vida em Lagos. Ela fazia roupas com Yaya e participava de cerimônias. Muitas vezes, Yaya mencionou que Vitória teria mais responsabilidades no terreiro após sua iniciação, mas ela tinha que amadurecer primeiro. Vitória ansiava pelo dia em que estaria vestida com o lindo vestido azul e branco de Iemanjá, dançando plenamente durante uma cerimônia.

Quanto à costura, ali era minuciosa e muito mais especializada. Muitas mulheres recorriam a Yaya para comprar roupas para as giras. As saias eram feitas com algodão especial que tinha que ser cozido em água fervente e amido. Foram necessárias muitas tentativas para Vitória aprender a engomar uma saia. Então, Yaya começou a ensiná-la a fazer rendas. Na primeira lição, Vitória enfiou as agulhas de madeira no polegar tantas vezes que chorou. Yaya disse que uma mulher de verdade sabia suportar a dor. Antes que pudesse se conter, Vitória retrucou que ela era uma menina, não uma mulher.

— Sim — Yaya disse. — Mulheres de verdade não andam por aí com garotos.

As palavras de Yaya não a impediram. A amizade com Joaquim ficou mais forte, e eles passearam muitas vezes. A maioria dos cantos, ladeiras e sombras de Salvador foi gravada na mente de Vitória e, logo, ela conhecia a cidade melhor que Lagos – pelo menos o Pelourinho, a cidade baixa e a Liberdade. Em lugares como Campo Grande, eles estariam tão nitidamente deslocados que ela e Joaquim nunca foram lá. Lá, ele insistiu, até o clima era como na Europa. Os passeios deles eram agradáveis, e apenas andavam e andavam pela cidade, sem nenhum objetivo, a não ser comer, rir e encontrar coisas estranhas para observar. Havia sempre alguns novos detalhes surpreendentes. Como a igreja em que eles entraram, onde Joaquim fez uma cruz vigorosa no próprio peito e beijou o polegar. As paredes dela estavam cheias de ouro. Vitória estava surpresa por ainda estarem de pé. Joaquim disse a ela que o ouro era do país. Em outro lugar, a igreja teria sido invadida há muito tempo.

O ritmo da vida dela se tornou bom: costurar, assistir às giras, passear com Joaquim.

Poucos meses antes de seu décimo quarto aniversário, depois de dois anos morando na Bahia, Yaya disse a ela que as saídas com Joaquim tinham que acabar.

— Ele é um bom menino, mas você é uma garota muito bonita, e você tem que respeitar o seu sangue. Se sua mãe estivesse aqui, ela não a deixaria sair com ele, deixaria?

O coração de Vitória doeu. Ela queria argumentar que Yaya não era a mãe dela, mas isso seria ingratidão para com uma mulher que *tinha* se tornado a mãe dela. E se Na estivesse por perto... Vitória não conseguia nem imaginar qual seria a atitude da mãe. Antes de Vitória deixar Botu, Aminah era apenas um ano ou dois mais velha do que Vitória era agora, e a única vez que um homem mostrou interesse por ela, ele estava era tão enrugado quanto as frutas secas que as pessoas gostavam de comer em Salvador. Na e Aminah se juntaram e mandaram o velho embora. Vitória não sabia como se comportar nesses assuntos do coração, mas tinha certeza de que a mãe teria dito a ela para ouvir aquela batida dentro do peito. Na definitivamente não teria mencionado a beleza de Vitória – ela adorava dizer que não se pode comer beleza.

— Você não vai mais sair com ele — Yaya disse, mexendo uma panela no fogão.

— Por que, Yaya? — Vitória questionou.

— O seu sangue desceu, e homens... bem, jovens ou velhos, você não pode confiar que eles se controlarão. Ele só tem o quê, quinze anos? Se ele a quiser, a mãe dele deve fazer a coisa certa. No meu tempo, as moças decentes não eram vistas fora de casa. Então ela suspirou, e completou. — Estou fazendo feijoada com bacon do jeito que você gosta.

— Não estou com fome.

— Agora que você é uma mulher, você começará a se preparar para sua iniciação a partir amanhã. Você precisa de força. É também por isso que eu estou dizendo pra você ficar longe *daquele* menino. Você tem que se concentrar.

Yaya fez tudo o que podia para ocupar os dias de Vitória com a preparação da iniciação. Vitória não sabia se Joaquim foi procurá-la, pois passaram dias comprando tecidos e outras coisas que ela precisaria durante o período de reclusão. Isso fez com que Vitória não gostasse da ideia de ser uma novata, mas ela passou pelas tarefas, todos os dias crescendo um botão de raiva no peito dela que saía em pequenas baforadas descontroladas, geralmente quando Yaya lhe pedia para fazer uma missão ou preparar algo para comer.

A grande explosão ocorreu na noite antes de ela ir para a iniciação. Depois de dias sem ver Joaquim, ela estava subindo o morro quando o espreitou em um grupo de meninos da Liberdade reunidos ao redor de um tocador de berimbau. Ela adorava o som do berimbau, com sua distinta forma de arco, bola e corda. Um garoto levantou em um salto e começou a virar o corpo. Ela acenou para Joaquim, mas ele demorou tanto para responder que ela abaixou a mão, e estava prestes a continuar subindo, quando ele se levantou e foi encontrá-la. Ele não a encarava, e ficava olhando na direção do mar.

— Já faz muito tempo — Vitória disse.

— Sim.

— Como você está? — Não era a pergunta que ela queria fazer a ele. Se tivesse sido mais corajosa, teria dito "Você foi me procurar?".

— Você deveria ser mais forte — ele disse. — Saber o que quer e lutar por isso. — Então, ele voltou para o seu círculo de amigos.

Ela não podia acreditar que ele a tinha deixado daquela forma.

Quando chegou em casa, Yaya, segurando um pedaço de pano, recitou uma lista de coisas que Vitória ainda precisava fazer: encontrar um vestido velho e uma lâmina; precisava fazer isso, precisava fazer aquilo…

— Estou cansada — Vitória disse.

— É assim que você fala comigo agora? Ah, Xangô, como as pessoas mudam. Não se esqueça de quem você era quando te acolhi. — Yaya abraçou o tecido contra o peito e, em seguida, foi para o quarto dela no final do corredor.

As palavras machucaram. Vitória não esperava essa reação de Yaya. Ela não esperava ser lembrada do passado. Isso a fez sentir como se estivesse manchada e que nem mesmo várias lavagens tirariam o selo de *escrava* dela. Ela se sentia suja, por dentro e por fora, e queria ser limpa. Era como se Yaya tivesse dito: "Como ousa sonhar? Como ousa tentar amar?". Parecia que ela não merecia bondade. Apenas dor. Ou foi porque ela estava tentando esquecer? Será que Yaya estava dizendo que esquecer o passado era uma má decisão, porque ele voltaria para assombrá-la? No dia em que se separou da família, decidiu que nunca olharia para trás. Ela escolheu viver; escolheu criar uma nova vida. Essa decisão viraria o pescoço dela para trás e a devoraria? Se Yaya estava dizendo a ela para não esquecer, foi esquecer que a salvou. A loucura seria o caminho dela se não tivesse esquecido.

Ela foi para a cama com tanta mágoa enchendo o coração que não achava que o sono viria, mas veio.

O rugido das ondas atacando a costa é ensurdecedor. Ela sombreia os olhos com a mão e tenta compreender a amplitude do mar. Um mar violento. Menos calmo que a baía. A água é cinza e o céu está cheio de nuvens. Pesado. Você está aí?

No dia seguinte, as batidas na porta a acordaram da noite terrível. Mal teve tempo de pensar no sonho que teve, porque Yaya empurrou a porta e sentou-se na cama. Ela enrolou os braços em volta de Vitória e massageou os ombros dela.

— Eu só queria ter certeza de que você aprenderia todos os ritos rapidamente. E o que eu disse foi cruel; era a última coisa que deveria dizer a você. Eu sei como é pertencer a uma pessoa. Nós somos iguais.

Vitória decidiu que faria a iniciação no Candomblé e se tornaria uma ótima aluna para agradar Yaya. Quanto ao

Joaquim, ela teria que encorajá-lo de alguma forma. Eles teriam que fazer uma dança lenta, mas era a melhor maneira. Ela não queria perder a amizade dele.

Vitória e outros três iaôs foram levados para dentro de uma floresta depois da Liberdade, onde ficariam isolados por um mês. A floresta tinha uma abertura coberta de videiras grossas e um altar com santos católicos e esculturas de diferentes orixás, como Exu com uma cartola e Iemanjá em seu vestido azul e potes de água. Os iaôs viviam em cabanas que a lembravam de Botu, mas as de lá eram mais sólidas e coloridas, enquanto as de Salvador eram feitas de barro e varetas.

Os iaôs primeiro passavam por um ritual de corte de cabelo. Quando a navalha tocou o couro cabeludo de Vitória, ela chorou. Ver o próprio cabelo cair em porções ao redor dos pés a lembrou de que este era um novo passo na vida dela. Ela nunca tinha cortado o cabelo, e agora tudo se foi. Em seguida, o barbeiro fez uma incisão no couro cabeludo. Ela sabia que isso aconteceria, como uma entrada para seu orixá, mas ainda assim a assustou.

Yaya aparecia para lhes ensinar as músicas e danças. Uma das primeiras lições dela foi: veja, não fale. Havia coisas que não precisavam ser explicadas.

Foi em frente ao altar que, depois de jogar dezesseis conchas de búzios contra a poeira do chão e cantar, o babalorixá disse que Iemanjá a escolhera como sua filha. Ele jogou os búzios novamente e disse que também estava recebendo mensagens de Ibeji. Ele amarrou contas claras e as colocou no pescoço de Vitória. Todos os dias ela tinha que aprender não apenas os pontos e danças de Iemanjá e Ibeji, como os alimentos que faziam as duas deidades felizes. Iemanjá era, em sua maioria, alimentos brancos: arroz, milho, nozes brancas e cebola. Ibeji gostava de doces, arroz, frango e um cozido grosso de quiabo chamado caruru.

O isolamento que ela sentia e a proximidade com Ibeji a fizeram pensar em Hassana mais do que queria. Ela sentia falta da irmã, mas estava prosperando sem ela. Além disso, foi Hassana e outros em Botu que atrasaram o amadurecimento dela. Quantas vozes ela ouviu enquanto crescia que lhe diziam que ela nunca chegaria a nada sem a irmã? Foram aquelas vozes que sufocaram as lágrimas dela quando fez a curva com a caravana e viu a gêmea pela última vez. Eles achavam Vitória fraca, uma coisa mal formada, que precisava sugar a força da irmã para sobreviver. Ela queria provar que estavam errados. Então lutou contra todas as conexões com Hassana que ameaçavam aparecer.

E, ainda assim, todos os dias, tinha que abrir as portas do passado para deixar Ibeji ou Iemanjá usá-la como um receptáculo, e foi um desafio, não só porque ela queria que essas portas permanecessem fechadas, mas também porque parecia haver uma competição dos deuses dentro dela, um embate que terminava sem vencedor. Em Lagos foi fácil receber Iemanjá, mas isso mudou. E talvez o pacto que ela fez consigo mesma – seguir a vida com os próprios pés – era o que a segurava.

Seus colegas iaôs eram tomados por seus orixás – um por Xangô e outro por Oxum – e era muito bonito assistir aos momentos em que os orixás decidiram que estavam prontos. Uma menina, ainda mais tímida do que Vitória, se transformava quando Xangô entrava em seu corpo. Os ombros dela se expandiam, e os olhos brilhavam com confiança. Ela pulava e se debatia com as músicas guerreiras que a acompanhavam, não parando até que os atabaques se acalmassem.

O babalorixá disse que Ibeji era um orixá complicado e brincalhão, e poderia bloquear Iemanjá só por diversão, mas Vitória tinha certeza de que, ao tentar esquecer seu passado, ela estava excluindo a irmã e esse não era o tipo de ambiente que Ibeji, a deidade dos gêmeos, ou Iemanjá, a protetora dos gêmeos, gostaria de entrar.

Depois de duas semanas com Vitória ainda sem receber Ibeji ou Iemanjá, o babalorixá lançou os búzios e disse:

— Você está escondendo algo de mim. Aquele que mente para o oráculo está mentindo pra si mesmo.

Vitória não disse nada.

— Vitória, você precisa ser honesta consigo mesma pra que isso funcione. A iniciação é passar tempo com as melhores e piores partes de nós mesmos. Pra reconhecer tudo que nos forma. Você está escondendo alguma coisa.

Ele olhou profundamente para Vitória, como se procurar os olhos dela fosse revelar a verdade.

Ela quase contou sobre Hassana, porque estava com medo de que ele descobrisse por si mesmo, mas também temia ser enviada de volta para procurar Hassana. Ela não estava pronta, então continuou a manter essa parte de si mesma selada.

O homem suspirou.

— O que quer que esteja escondendo de mim, Ibeji não está feliz. Iemanjá irá protegê-la não importa o que aconteça.

Não me diga se não quiser, mas peça perdão a Ibeji, e eles poderão mostrar o caminho.

Ela não tinha feito nada de errado. Sua separação não foi culpa dela, pensou, mas o babalorixá lhe deu um olhar tão penetrante, que tinha certeza de que a abriria e derramaria o segredo dela, então ela murmurou orações desesperadas para Ibeji.

— Vocês são os únicos que abrem portas na terra; vocês são os únicos que abrem portas no céu. Quando vocês acordam, fornecem dinheiro, fornecem crianças, fornecem uma vida longa. Vocês que são espíritos duplos — Vitória recitou.

A história conta que Xangô e Oxum tiveram os primeiros gêmeos nascidos na Terra. Vistos como uma abominação, Oxum foi expulsa da aldeia. Ela abandonou os gêmeos e perdeu tudo, incluindo a sanidade. Iemanjá adotou os gêmeos e os protegeu. Se fossem bem adorados, trariam grandes riquezas; caso contrário, também poderiam trazer infortúnio.

Sabendo o que sabia de Ibeji, ela deixou cana-de-açúcar para eles na entrada da cabana em que dormia, e lhes disse que lamentava não ter sido honesta com o babalorixá. Queria ser uma boa seguidora e faria o que fosse preciso.

Toda vez que os pontos de Ibeji eram tocados, Vitória dançava e dançava e não se sentia diferente, nem mesmo experimentava o formigamento nos dedos que às vezes sentia com outros orixás. Ela estava pronta para desistir, para contar ao babalorixá, talvez tentar um orixá diferente que a aceitasse, mas estava com tanto medo do babalorixá descobrir, que se mantinha longe dele.

O babalorixá disse que não havia um iaô que ele não foi capaz de tornar receptivo. Ele disse a Vitória para rezar para que Iemanjá a recebesse durante a cerimônia ao ar livre, durante a qual cada iaô sairia da reclusão e receberia o orixá diante de uma grande audiência.

No dia do ar livre, os iaôs estavam cobertos por uma espécie de giz branco. Vitória estava nervosa, por um bom motivo. O bosque se encheu de pessoas do terreiro de Yaya, bem como muitas caras novas. O babalorixá surgiu, desenhando círculos e linhas na pele deles. Ela viu Joaquim e o coração disparou. Ela não sabia que ele tocaria atabaque na cerimônia ao ar livre. Ninguém disse nada a eles, como era costume, e eles tiveram que se sentar e abaixar a cabeça até que a música deles os chamasse.

A libação foi oferecida. O babalorixá começou a cantar e os reunidos ao redor dançavam e aplaudiam. O iaô de Xangô foi o primeiro a ir e os atabaques aqueceram o ambiente. O seguinte foi o de Oxum e a dança seguiu fluida e feminina, e o iaô, embora um menino, era a pessoa mais bela em toda a floresta. Quando o ponto de Iemanjá começou, Vitória se levantou e colocou os braços na cintura, como asas. Ela balançou para a frente e para trás e a música começou a falar com ela.

Ela flutua. Ao redor dela está uma bela canção doce que a acalma. Ela se torna água, impulsionada por uma força familiar, como ondas, como o abraço de uma mãe. Está nela e sobre ela. Ela é envolta pela casa e pelo amor, e ela é corajosa.

Vitória retornou, e Yaya limpou o rosto dela. A pele estava coberta por uma camada de suor. Ela se sentiu tão aliviada que Iemanjá não a tinha abandonado e que Ibeji não a puniu. Além do alívio, também existia um sentimento de temor. Ela não podia acreditar que agora era uma de Iemanjá.

Após a cerimônia, todos abraçaram os iaôs e uma grande festa foi revelada. Havia tanto para comer, e Vitória comeu o milho com óleo de palma cozido só para ela. Vitória não tinha percebido a multidão que compareceu para a iniciação. Depois de comer, ela observou. Alguns convidados sentaram-se em esteiras, bebendo de cabaças. Perto do altar estavam os assentos acolchoados reservados para o babalorixá e outros anciãos, agora vazios, e, ao lado deles, dois ogãs limpavam os atabaques. Pessoas em pequenos grupos compartilhavam conversas e risadas.

— Você dançou com graça — uma voz surgiu, o que a assustou.

Joaquim a olhava com seus olhos verdes sorridentes.

Vitória conteve as lágrimas.

— Iemanjá me salvou.

— Você é uma das poucas pessoas neste terreiro a receber Iemanjá. Bom trabalho.

Depois de se tornar uma das filhas de Iemanjá, Vitória se viu ansiosa pelas cerimônias no terreiro.

Na terceira estação chuvosa desde que se mudou para a Bahia, um dia em que Yaya foi atingida pela doença que sempre a açoitava durante a estação, o *canalha* apareceu na porta delas, como fazia a cada seis meses mais ou menos. Vitória o levou para a sala de estar e ofereceu-lhe um lugar.

— Aceita um suco de manga ou goiaba? — Vitória perguntou.

— Estou com pressa, então diga algo a Yaya. Diga a ela que o sr. Ferreira está aqui pra vê-la.

Vitória encontrou Yaya apoiada em almofadas, empurrando uma agulha através de um tecido grosso. As cortinas estavam abertas e um raio de sol fluiu para a sala. Vitória transmitiu a pressa do homem para Yaya.

A velha estremeceu, empurrou as cobertas e jogou as pernas no chão. Ela levantou os quadris da cama e cambaleou até a penteadeira. Tentou impedir Vitória de ver, mas ela já tinha visto o dinheiro escondido em suas mãos.

— Por favor, troque meus lençóis — Yaya disse. — Minha cama deve estar cheirando a doença.

Vitória tinha certeza de que a velha não queria que ela visse a troca de dinheiro. Quanto ela pagava àquele homem e quem era ele? Se era preciso tanto dinheiro para manter aberto o terreiro, por que Yaya não ficou em Lagos?

Mais tarde naquele dia, Vitória e Joaquim foram ao mercado comprar produtos para os trabalhos daquele fim de semana. Toda vez que Yaya não conseguia sair da cama, Vitória aproveitava a chance de ver Joaquim escondido. Ela ficou chocada ao ver o homem canalha saindo de outra casa. De quem mais ele extorquia dinheiro?

— Aquele homem — Vitória disse. — Acho que Yaya está pagando pra manter nosso terreiro aberto.

Joaquim murmurou algo mais baixo que a própria respiração e cuspiu. A mandíbula dele flexionou antes de dizer:

— Eles não querem que sejamos felizes.

— Eu não sei ao certo, mas ele veio pelo menos duas vezes. E eu não consigo pensar por qual outro motivo ela estaria pagando a ele.

— Vamos falar com Baba Sule — Joaquim disse. — Ele sabe tudo. Ou como responder a tudo. Ele não está no Candomblé, mas é sábio.

Eles desceram um pouco a colina e pararam antes da casa carimbada com a lua e as estrelas. A mesquita, finalmente. Ela se perguntou como seria esse amigo. O nome Baba Sule já a fez sentir um parentesco com ele.

Joaquim bateu palmas três vezes e um homem com uma pequena barba branca e um chumaço de cabelo sob o nariz atendeu. Ele usava um chapéu de tecido que contornava sua cabeça, assim como o *baba* de Vitória costumava usar, e a túnica que vestia era como as de Botu.

— Baba Sule — Joaquim disse. — Boa tarde.

— Bem-vindo — ele disse.

— Obrigado.

Sule puxou a porta para deixá-los entrar.

— Como nossa nova iniciada de Iemanjá está? — E então, explicando-se, disse: — Sua comunidade é gentil. Yaya sempre me convida pra testemunhar o ritual de novos iaôs, que eu gosto de assistir. Sua cerimônia foi linda. Por favor, sentem-se. — Ele apontou para tapetes de ráfia no chão.

A fumaça do incenso fez cócegas no nariz de Vitória. Sule passou para ela uma tigela de nozes-de-cola e Vitória escolheu a menor que ela poderia encontrar e mordeu, sentindo a amargura dela. Joaquim mastigou como se fosse cana-de-açúcar.

— Como posso ajudar?

— Acho que Yaya está pagando alguém pra manter nosso terreiro aberto — Vitória disse. — E eu estou confusa.

— Policiais já pararam nosso culto uma vez — Joaquim disse. — Yaya passou dias indo e voltando da polícia. Pensamos que isso tinha acabado.

Vitória observou Sule. Seus olhos estavam cinzentos e calmos.

— Se ela está pagando e suas cerimônias ainda estão acontecendo, não há nada com que se preocupar — ele disse.

— Isso me irrita — Joaquim disse.

— Se ela não fizesse o que estava fazendo, não haveria terreiro — Sule disse. Então, virou-se para Vitória. — Joaquim me disse que você é de Lagos. Você é oyo, egba ou...?

— Não. Sou gurma. — Vitória sabia que seu lugar de origem era distante de Lagos, mas não sabia como os dois se conectavam; se é que se conectavam.

— *Eu gostaria de saber falar gurma. Bem-vinda, filha* — o homem disse, mudando para hauçá.

— *Obrigada* — Vitória disse, chocada que ainda conseguia falar uma língua que não tinha ouvido desde que deixou Lagos.

— Pra dizer a verdade, você nem precisava me dizer. Seu rosto me lembra de casa. Eu teria dito que você era uma garota gurunsi. Você gosta da Bahia?

— Sim.

— Ouçam, meus jovens amigos, Yaya está apenas fazendo o que tem que fazer pra manter a comunidade unida. Vocês vão crescer e descobrirão os sacrifícios absurdos que a idade adulta nos força a fazer.

Vitória se viu em frente à mesquita alguns dias depois. Talvez porque Sule falasse hauçá e até conhecia palavras em gurma, sentiu que ele estava mais perto de casa do que qualquer outro; ainda mais do que Yaya.

Ele a recebeu oferecendo nozes-de-cola e saudações em hauçá.

— O que a traz aqui hoje?

Vitória fez uma pausa, e depois deixou sair.

— Tenho uma irmã gêmea mas não contei a ninguém.

— Sabe onde ela está?

Vitória balançou a cabeça. Por que ela estava ali? Isso era doloroso.

Ele continuou:

— Lá, em nossa casa, se alguém perdesse um gêmeo, fazíamos cerimônias pra enviar o gêmeo em segurança, e pra manter o vivo na Terra. Tenho certeza de que sua gêmea está viva, ou você a teria seguido. Não estaria aqui falando comigo. Ou você estaria muito doente.

Foi um pensamento arrepiante, e Vitória não sabia se acreditava nele.

— Teve algum dos sonhos dela?

Como ele sabia? Ela relaxou um pouco e lhe contou os sonhos dela. O mais recente foi sobre uma casa. Era verde e amarela. Hassana abriu a porta e depois fechou.

— Gêmeos são parte de um todo. As duas precisam se encontrar. É a única maneira de estarem completas. É como se você fosse meia pessoa sem ela. — Então ele acrescentou, a acalmando. — E ela é meia pessoa sem você.

Ela sentiu o contrário. Com a irmã, ela se sentia como meia pessoa, mas na Bahia, as pessoas quase a adoravam – porque ela era pura África, eles diziam. Em Botu, as pessoas chamavam Hassana de gêmea bonita. "Vocês têm exatamente a mesma aparência, mas ela é a bonita", diziam a ela. Era peculiar, esta visão para o passado. Era mais fácil olhar mais para a frente, começando da parte em que ela conheceu Yaya em Lagos.

— E se eu não quiser ser encontrada? — ela perguntou.

—Ah — Sule disse. — Eu achei que gêmeos estivessem amarrados com um fio invisível.

— Tenho meus motivos.

Ele a observava com o bigode branco imóvel e os olhos sem piscar. Vitória não gostou da forma como ele a obrigou a preencher o silêncio.

— Eu era tão pequena ao lado dela — Vitória disse, acariciando o ar perto dela como se fosse um cachorro. — E todo mundo me fazia sentir assim. Ela tinha a voz empostada, era a ela que pediam pra fazer qualquer coisa, e só então ela me chamava pra ir com ela. Não havia espaço pra ser eu mesma. Sempre foi Hassana e a irmã gêmea dela. Ela causou nossa separação, mas, quando aconteceu, finalmente pude respirar. Ser eu mesma.

— Agora que você se tornou uma mulher forte e livre, você certamente pode enfrentá-la.

— E se ela se tornar pior? Ela era assim quando tínhamos dez anos. Aos quinze anos, ela poderia ser insuportável. Não quero que ela me encontre.

— Isso é complicado. Você deve sentir falta de algo nela.

Vitória ficou quieta e olhou para as inscrições em árabe na parede. Sentia falta da forma como Hassana não cedia à autoridade e tirava sarro do chefe da aldeia, e a maneira como, sem ter que dizer uma palavra, elas caíam na gargalhada. Sentia falta dos sonhos compartilhados. Ela mencionou a parte sobre os sonhos para Sule.

— Continue escutando. Ela pode estar cuidando de você, é o que seu sonho me diz. Hoje estou muito cansado. Da próxima vez que você vier, eu posso ler os búzios pra você.

Vitória agradeceu e voltou para a casa de Yaya com os olhos colados no chão. Ela se preocupava com o que os búzios revelariam. E se a irmã dela estivesse terrivelmente doente? E se ela tivesse que voltar para Botu?

Baba Sule a chamou de volta alguns dias depois e disse que tinha tempo para fazer a leitura dela.

Quando jogou os búzios, disse:

— Ela está longe, o mar separa vocês, mas ela está mais perto do que nunca esteve. Vocês duas formam uma. Como um círculo, esta é uma jornada que outros fizeram antes de você. Você foi enviada pra aprender, e agora tem que completar o círculo. Ele trouxe você de lá pra cá, e agora vocês têm que voltar uma para a outra.

— Por favor, explique — Vitória implorou.

— Os *djinns*, isso é tudo que eles têm pra você. Você vai ter que entender por si mesma.

Ela queria coçar as entranhas, enfiar as unhas com impaciência e incômodo depois dessas mensagens misteriosas.

Ela teria gostado de uma mensagem que simplesmente dissesse que Hassana estava viva e bem, não uma que a estava forçando a voltar. Ela não queria deixar Salvador.

capítulo seis
HASSANA

No primeiro dia de trabalho com o sr. Nelson, me certifiquei antes de sair que a casa estava imaculada – Hajia não seria capaz de encontrar uma perna de barata sequer.

Eu tinha acabado de sair pela porta quando Hajia enfiou a cabeça para fora e disse, quase como uma reflexão tardia:

— Você ainda está comendo suas refeições conosco. — Ela mal sorriu e voltou para dentro sem esperar pela minha resposta, mas as palavras dela aqueceram meu coração, porque eu ainda poderia comer coisas que lembravam da comida da minha Na. Hajia era como família, e o jeito espinhoso dela me fez pensar em Issa-Na, a segunda esposa do meu *baba*. E, por causa disso, eu não dava importância ao modo como Hajia me tratava. Também estava convencida de que ela se sentia muito sozinha, já que o oficial Osman tinha ido para a expedição axante alguns dias antes. Os britânicos reuniram uma grande força de soldados como o oficial Osman para marchar até Kumasi, a capital axante. Quando a tropa – cerca de dez homens vestidos com uniformes elegantes – veio para buscar o oficial Osman, Hajia, seus meninos e eu ficamos do lado de fora, acenando em despedida. O homem estava radiante, e eu me senti orgulhosa de conhecê-lo.

Eu entrei na Casa das Tesouras, e o sr. Nelson, radiante com um sorriso com covinhas, me levou para outra sala, que ficava em uma porta lateral; a sala de estar. Lá, ele tinha reunido todos os papéis que eu tinha visto e muitos outros. As pilhas de documentos eram tão altas quanto eu.

— Você pediu um emprego. Aqui está. São pedidos, recibos, contas, talvez até cartas. Como você planeja começar?

— Primeiro, vou categorizá-los e arranjá-los por data, depois vou criar um registro de tudo. Preciso de algo pra escrever, um livro de registros, uma régua e pastas.

— Você é boa — Nelson disse. — Tenho o material pra escrever. Quanto às pastas, vou comprá-las pra você mais tarde.

Fiquei grata por ter ficado atenta em Abetifi. Na Missão Basileia, tudo tinha seu lugar, e o reverendo e a sra. Ramseyer às vezes me pediam para buscar dossiês com classificações, sempre bem detalhadas. Eles explicavam tudo: cada pessoa que os visitou, cada xelim que tinham gastado, cada pedaço de madeira que tinha nas propriedades deles. Dei uma olhada na pilha à minha frente, minhas mãos suaram e a pálpebra começou a se contrair com a quantidade de trabalho que teria que fazer, mas era melhor do que vender comida. Então, meu nervosismo se transformou em orgulho. Estava feliz que ganharia dinheiro para dar a Hajia, comprar jornais e economizar para comprar uma passagem de navio para encontrar Husseina. Eu já podia sentir o gosto da tinta do bilhete entre meus lábios enquanto, do convés do navio, ficaria olhando para a costa que eu estava deixando para trás.

Meu trabalho durava quatro horas todos os dias, com uma pequena pausa na metade do tempo. Foi durante um intervalo que fui ao pátio da casa do sr. Nelson e meu olhar caiu sobre o mais brilhante e mais travesso par de olhos que já tinha visto. Ela fechou os olhos, tragou profundamente um pequeno cilindro branco que tinha na boca, jogou no chão e esmagou-o sob os pés.

— Não conte ao meu pai — ela disse em inglês. Inglês perfeito, sem traços de sotaque português. — Augustinha Amerley Nelson. Basta me chamar de Amerley.

Peguei a mão estendida dela e apertei.

— Hassana.

— Espero que meu pai esteja pagando bem. Ele tentou me obrigar a fazer esse trabalho, mas eu não tenho paciência pra esse tipo de coisa.

— Ele é precioso — eu disse.

— O que você vai fazer hoje à tarde? — Amerley perguntou. — Meu tio-avô, sr. Brimah, organiza corridas de cavalos todas as quintas e sextas. Eu tenho um cavalo que acho que vai ter sorte hoje. Vamos?

Depois de trabalhar, geralmente voltava para a casa de Hajia, almoçava com ela, lavava os pratos e lia trechos do jornal ou, se eu não tivesse nada para ler, eu vagava pelo *zongo*, a parte da cidade onde a maioria das pessoas do norte viviam, pouco antes de escurecer. Nunca tinha ido a uma corrida de cavalos, e parecia uma chance de sair da mesmice da minha vida.

— Esteja aqui às três da tarde — ela disse e subiu as escadas para um quarto que dava para o mar.

Comi o *tuo* e sopa de *ayoyo* que Hajia preparou com prazer e fui ao meu quarto para vasculhar a caixa em que guardava minhas roupas.

Eu não tinha uma peça de roupa apresentável. Tudo estava gasto ou amarelado. Decidi pôr um vestido branco simples com botões na frente. Estava tão apertado que achatou meu peito e a barriga, mas não havia mais nada que eu pudesse usar.

Hajia estava esticada sobre uma esteira na sala de estar, enquanto o filho mais velho copiava letras árabes de um livro de orações em um caderno.

— Hajia — eu disse.

— Sim? — Ela não levantou a cabeça.

— Vou me atrasar para a refeição da noite de hoje.

Ela parecia meditar sobre o que eu estava dizendo a ela, com a mandíbula cerrada. Ela finalmente disse:

— Dizem que se um abutre lhe agrada, você sentirá falta da galinha d'angola. É o homem pra quem trabalha? Ele vai impedi-lo de encontrar sua irmã.

Não pude deixar de rir. Não tinha percebido o quão envolvida Hajia estava em meu trabalho de encontrar Husseina.

— Oh, não é um homem. Apenas a filha do sr. Nelson.

— Ah — Hajia disse. — Então vá e volte. Não esqueça disso: a verdade dura mais do que uma mentira.

Os provérbios de Hajia me lembravam minha avó. Mulheres como elas foram moldadas para não confiar em ninguém, nem mesmo em si mesmas.

Quando cheguei na casa do sr. Nelson, ele estava na sala de costura na frente da casa, falando com um cliente.

Acenou para mim sem fazer perguntas, então Amerley deve tê-lo avisado que nos encontraríamos. Andei pelo pátio e subi as escadas, e por um segundo o mar me atraiu para sua extensão e me perguntei que direção, ao longo daquele horizonte eterno, me levaria até minha irmã. Então continuei subindo as escadas e bati na porta que tinha visto Amerley abrir mais cedo.

— Precisamos nos vestir — ela disse, me puxando para o quarto.

Tentei alisar os vincos que pareciam ter se multiplicado no meu vestido.

— Nós vamos como homens. Por sorte, meu pai me dá as roupas que peço. Você é tão pequena — Amerley disse, tirando as roupas que usava e as despejando em cima das outras que estavam espalhadas no chão.

O quarto tinha uma fragrância que me lembrava flores, mas não tinha um nome para elas. Queria que minha mente fosse preenchida com o conhecimento de tudo – flores, nuvens, cheiros, invenções, política – e o fato de que eu não sabia tanto sobre o mundo fez meu peito coçar.

Amerley abriu a porta de um guarda-roupa de mogno e tirou duas calças de montaria verdes. Deu-me uma camisa branca e escolheu para si mesma uma camisa de linho bege claro. Pela primeira vez, me senti constrangida com meu corpo e me virei para a janela com vista para o mar para tirar o vestido do qual estava agradecida por me livrar. Eu me perguntava se meu corpo era agradável de olhar, se era bonito. Minha irmã Aminah era uma garota que todos desejavam. Ela não gostava disso. Era melhor ser desejada ou deixada em paz? Senti o olhar de Amerley nas minhas costas enquanto vestia a camisa.

— Você vai precisar de um espartilho — Amerley disse. — Eles mantêm os seios em pé.

Eu tinha lido sobre espartilhos na Coluna das Damas, mas eles pareciam tão longe do meu mundo.

— Seu pai vai fazê-los?

— Ah, não. Não, não. Complicado demais. Da próxima vez, vamos às compras em Christiansborg. Eu te daria um, mas os meus estão tão desgastados... e minha querida mãe costumava dizer que você pode compartilhar qualquer coisa que você quiser, desde que não seja íntimo.

Eu me virei e ela estava nua da cintura para cima. Os seios dela me lembravam os frutos de baobá que envolviam a baga mais doce. Ela precisaria de um espartilho, é claro. Já meus seios eram como brotos de alho.

— Onde está sua mãe? — perguntei.

— Ela morreu quando eu tinha seis anos. Estava doente. Mas o velho sr. Nelson fez um bom trabalho me criando sozinho, não concorda?

Ela jogou a camisa no chão e foi até uma caixa marrom na mesa. Ela destrancou, abriu a tampa, e vasculhou com os dedos como se dançassem.

— Deslumbrante, não era? — ela disse, puxando uma fotografia e a entregando para mim.

O cabelo da mãe dela caía em cachos em torno de um rosto delicado. O que eu daria para ter uma foto da minha mãe e irmãs.

A mãe dela parecia ter a pele clara. A pele de Amerley era um pouco mais escura que a minha, lembrando-me de Husseina. Eu me perguntava se, com o tempo, nós passaríamos a ter a mesma cor da pele, ou se ela ficaria mais escura. Minha pele parecia ficar mais clara à medida em que eu crescia.

— Você nasceu aqui?

— Bem aqui nesta casa. Acredita que meus pais se conheceram no navio vindo do Brasil? Ela desembarcou em Lagos, e ele veio pra Acra com a família dele. Foi só quando minha mãe visitou uma tia, anos depois, que encontrou meu pai de novo. Ela tinha dificuldade em ter filhos, então um dia eu vim pra ficar. E essa é minha história.

Amerley não me fez nenhuma pergunta, então não compartilhei a minha história. Em vez disso, enfiei a camisa nas calças como a vi fazer. Não falei muito também porque a Amerley estava revelando algumas informações interessantes: havia um navio que deve ter ido do Brasil para Lagos e para Acra. E se Husseina tivesse feito o inverso e chegou no Brasil desse jeito? Refazer os passos da minha irmã me deixaria mais perto de encontrá-la?

— Você já foi ao Brasil? — perguntei.

— Nunca.

— Mas você se diz brasileira?

— Isso é o que meu pai diz que somos mas, sinceramente, eu me sinto mais ga, povo da minha mãe, do que qualquer outra coisa. Meu português é deplorável.

Ela jogou um chapéu para mim.

Pensando em tudo que Amerley me disse, minha visão ficou borrada durante a curta caminhada até o campo de polo e durante as corridas, que foram divertidas, mas não uma atividade que planejasse passar muitas tardes. Amerley ia toda semana. Ela ganhou dinheiro nas corridas. Perdeu dinheiro também. Tentou me fazer apostar no cavalo dela, mas dinheiro não era algo com que eu planejava brincar. Naquele dia, o cavalo de Amerley, uma criatura cinzenta, perdeu.

Amerley fumou um cachimbo e olhou para a poeira baixando na pista.

— Eu deveria começar a fazer o oposto das minhas intenções — ela disse, e o brilho em seus olhos não trazia tristeza.

Logo Amerley estava sempre me esperando durante os intervalos. Ela me dava recortes de jornal que achava divertidos ou oferecia uma fruta de um dos jardins da tia dela. Às vezes, depois do trabalho, voltava para casa comigo, uma chance para fumar cigarros. Ela era uma pausa bem-vinda da monotonia de organizar papéis e manter os livros do sr. Nelson – depois de um tempo, contas e recibos começaram a parecer os mesmos.

Dois meses se passaram assim, até que uma noite, depois de voltar para a casa de Hajia, encontramos o oficial Osman sentado na varanda. Ele estava fora desde dezembro do ano anterior, 1895, na mesma época em que me pediu para ir buscar o uniforme no sr. Nelson. Senti-me grata a ele por essa missão, não só porque me aproximou de Husseina, como também me permitiu fazer uma nova amiga.

— Noite, senhor — Amerley e eu dissemos em coro.

Os olhos dele se ergueram e os lábios se moveram, mas não saiu nenhum som.

— Até amanhã, Hassana — Amerley disse, acenando para mim.

O oficial Osman estava usando o mesmo uniforme que peguei naquele dia, exceto que antes parecia elegante e impecável e agora estava desgastado nas mangas, coberto de poeira, e as calças tinham sido substituídas por calças *batakari* azul e branco. Ele descansou o queixo nas palmas das mãos, olhando para o ar. Sentei-me ao lado ele. O que aconteceu com aquele sorriso que ele tinha? Ele não olhou para mim, mas reconheceu minha presença com um suspiro.

Parecia que uma hora inteira tinha passado antes de ele dizer:

— Eles fazem a guerra soar gloriosa. "Estamos pondo um fim ao comércio de escravos", disseram eles. "Estamos acabando com o sacrifício humano. Isso vai tornar a Costa do Ouro segura." Mas valeu a pena as vidas perdidas? Fiquei tão doente em Cape Coast que só pela vontade de Alá me recuperei e pude voltar. Mandaram o rei axante pra Freetown, mas os axante são uma força. Entre aqui e Freetown, seja pelo mar ou por estradas, eles encontrarão uma maneira de se manterem fortes. Muita doença e morte. *Kai!* A guerra não é boa. O velho chefe ga, ele estava certo em negar ajuda aos britânicos. Ele foi o único sábio em tudo isso. E, ainda, eles não nos pagam bem. *Kai!* Guerra...

Permaneci lá com ele durante a maior parte da noite, enquanto ele repetia o refrão "A guerra não é boa". Mesmo quando adormeci, ouvi ele gritando: *"Kai!"*.

Estamos vendendo comida para as caravanas, cantando nossa canção, "Massakokodanono". Pessoas passam; outros tecem em conjunto folhagens para suas tendas; alguns compram nossos bolos de painço. Um incêndio começa e se espalhar rapidamente. Eu seguro a mão dela e ela agarra de volta. Jogo areia no fogo, agora perto de nós. Não adianta. Ela fica ali, dançando.

Da próxima vez que Amerley e eu nos encontramos, depois daquela noite estranha com o oficial Osman, saímos da Casa das Tesouras e, com o mar às nossas costas, voltamos para a estrada Horse e rumamos para o nosso *zongo*. Mesmo que Amerley fosse impetuosa e parecesse viajada, tive a sensação de que ela não saía muito da terra natal, ou pelo menos do mundo de brasileiros que a cercava. No mercado, açougueiros conversavam alto e cortavam carnes em pedaços. Eles acenaram para mim e eu retribuí, cheia de orgulho que eles me viam como um deles. Esta foi *minha* chance de me gabar.

Andamos por mulheres vendendo *waakye*, homens negociando tecidos e acabamos em frente ao bar de pito de Mama Z. Sonhei muitas vezes em compartilhar isso com Husseina. Ela teria gostado de rir dos clientes deste lugar. Husseina, quieta e tímida como era, tinha fascínio por momentos menos respeitáveis da vida, como quando vimos quatro pés em uma tenda de caravana, ou quando escutamos as fofocas que as esposas de Botu sussurravam sobre os maridos. Fiquei feliz por poder fazer isso com Amerley. Dividimos uma pedra grande como assento e assistimos a Mama Z. Rimos até que nossas barrigas doessem enquanto as pessoas cambaleavam, gritando maldições em um minuto, abrindo corações no minuto seguinte e dançando no outro. O que quer que a cerveja pito tivesse, transformava homens adultos em comédias.

Contudo, não ríamos na casa de Hajia. O oficial Osman foi se tornando cada vez mais estranho. Sempre que eu voltava, seja de manhã ou no começo da noite, ele estava sentado na varanda, lamentando a má natureza da guerra. No meio da noite, ele gritava até que a garganta ficasse rouca, e os filhos dele, então com oito e dez anos, iam para o meu quarto para fugir do berreiro aterrorizante do pai. Isso suavizou Hajia, amoleceu a casca grossa, e ela começou a me buscar para ajudar com os filhos.

Eu ficava feliz em andar com eles pelo *zongo* e buscá-los na escola corânica depois do trabalho. Hajia tornou-se tão gentil comigo que quando pedi para passar o fim de semana com Amerley ela nem mesmo me mandou embora com uma bronca habitual. Eu precisava de apenas uma noite de sono sem ouvir gritos roucos.

Naquela tarde, depois do trabalho, peguei minha cesta de ráfia embalada com meu pano de dormir, uma muda de roupa para o dia seguinte e um vestido que Amerley tinha me dado e atravessei o pátio até o quarto de Amerley. Ela não tinha voltado da aula ainda, então abaixei minha cesta, abri as janelas para arejar o ar abafado e olhei os livros na prateleira dela. Peguei um, *Jane Eyre*, que estava na cama de Amerley e comecei a lê-lo.

Acordei com o grande sorriso de Amerley pairando sobre mim. Era mesmo filha do pai dela.

— Estou tão empolgada que você vai ficar pra dormir. — Ela jogou os livros escolares no chão e pulou na cama.

— Hoje, vamos pra High Street pegar aquele espartilho. Amanhã, vamos ao casamento do meu primo, e depois, no domingo, à igreja.

De minha parte, senti como se tivesse ganhado uma irmã, e minha felicidade era tão grande que impediu qualquer palavra de sair, então acabei apenas sorrindo como uma tola.

— Esse livro é maçante — Amerley disse. — Até te fez dormir.

— Eu estava gostando. Mas tenho dormido mal onde fico.

Ocorreu-me que eu não tinha uma casa. Não podia usar a palavra "casa"; não tinha uma há muito tempo. Eu estava apenas de passagem.

Como se ela tivesse lido minha mente, ela disse:

— Por que você nunca me fala sobre si mesma?

— Você nunca pergunta.

— Não preciso perguntar. Eu desabafo sobre tudo com você, mesmo que não seja importante.

Quando estava na casa de Wofa Sarpong, minha voz me deixou, e eu não achava que tinha voltado ainda. E Amerley tomava todo o espaço, não me deixava sentir como se minha história fosse importante, então, eu não tentei fazer minha voz ser ouvida. Isso me fez pensar em Husseina e como ela raramente falava. Se alguém fazia perguntas, eu respondia por ela, como se ela não tivesse voz. Pela primeira vez, entendi como ela deveria se sentir.

— De onde é sua família? — Amerley perguntou.

Sentei-me, afofei o travesseiro dela no meu colo. Contei a ela sobre crescer em Botu, um lugar que estava começando a ser cada vez mais irreal, já que eu não o vi em nenhum mapa; contei a ela sobre nossa aldeia ser queimada por escravagistas, sobre perder minha irmã gêmea, sobre pular de um lugar para outro.

— E agora, aqui estou.

Os olhos de Amerley estavam inchando. Ela deu um empurrão no meu ombro.

— Você devia ter me contado isso há muito tempo. Como vamos encontrar sua irmã?

— Eu sonho com ela o tempo todo. Às vezes, até tenho os sonhos dela, mas faz tanto tempo que nem sei se ela ainda está viva — disse, verbalizando um medo que não queria reconhecer. — Mesmo esses sonhos agora soam como nostalgia infantil. Talvez minha mente tenha me enganado com esses sonhos, e pensei serem dela. Hajia sempre diz que fazer o coração comer é trazer fome. Quanto mais você quer algo, mais você pensa sobre isso. Sinceramente, Amerley, acho que estou perdendo a fé.

— NÃO! — Amerley gritou, pegando-me de surpresa.

— Acho que ela está no Brasil — eu disse.

Amerley se levantou e colocou as mãos nos quadris.

— Meu pai e eu não mantivemos laços com o Brasil, mas tenho certeza de que uma das minhas tias conhece pessoas que voltam de lá. Hassana, não desista. Podemos pensar em um plano enquanto fazemos compras.

Para chegar ao centro comercial, serpenteamos por vias cheias de curvas que se dividiam e fundiam o tempo todo, até que, finalmente, chegamos à High Street, em frente ao Forte Ussher, um edifício construído pelos holandeses e agora usado como uma prisão. Os jornais constantemente mencionavam a superlotação de lá. Eu tinha passado por High Street algumas vezes com Hajia na época que vendia comida com ela, mas nunca tinha me aventurado além dela para Christiansborg. Amerley e eu continuamos, vagando por pequenas lojas que vendiam panelas, bacias e tecidos, até chegarmos a uma parte da rua que, de repente, parecia mais verde, como se fosse outro país.

— Onde estamos? — perguntei.

— Victoriaborg.

As casas eram diferentes das nossas no *zongo*, em uma escala ainda maior do que a casa de Amerley, pintadas de branco do telhado ao piso, com grandes jardins ao redor. Algumas chegavam a três ou quatro andares. Até a forma como as árvores brotavam do chão parecia dizer que era ali que os ricos viviam.

— Os africanos vivem aqui? — perguntei.

— Não muitos. O médico do meu pai. Alguns advogados. Apenas os negros *muito* sofisticados de Serra Leoa.

— O ar cheira melhor aqui. Falta alguma coisa.

Nós continuamos andando, e então percebi.

— Não consigo sentir o cheiro da lagoa. Não sinto cheiro de peixe defumado. Não é justo. Vivemos na parte próxima à lagoa e os europeus podem escolher a terra firme?

Amerley deu de ombros.

Eu também li nos jornais que havia disputas de terras entre o governo europeu e os reis locais, e eu não entendia tudo, mas sentia como se estivéssemos sempre fazendo um mau negócio com os europeus. O oficial Osman tinha ido e lutado a guerra deles e voltado, felizmente com o corpo inteiro, mas a mente e espírito destroçados.

Caminhamos um pouco mais, pela grama mais verde, algumas bem aparadas, outras partes parecendo traiçoeiramente longas, e à distância havia o que parecia ser um pequeno lago. Paramos em frente a uma construção enorme com dois andares que me lembrou da missão em Abetifi. Quando vi que era a Companhia de Negociação de Missões da Basileia, congelei. E se a sra. Ramseyer ou o marido dela estivessem lá? Não queria parecer medrosa para Amerley, então engoli meu medo e a segui.

A loja era vigiada por um homem uniformizado. Entrei e mil fragrâncias diferentes lutaram por atenção – algumas atraentes, como o cheiro de novidade, outras desagradáveis, como cheiro de pés suados. Acima de nós pendiam fileiras de bicicletas, e eu me perguntava como elas tinham sido suspensas.

Amerley não se demorou como eu queria. Para ela, aquilo era notícia velha. Ela cortava os corredores cercados por prateleiras de açúcar, latas, garrafas, frutas e biscoitos do tipo que a sra. Ramseyer e a família dela serviam durante ocasiões especiais. Passamos por uma bela pirâmide de lâmpadas, cadeiras feitas de cana e mesas resistentes, depois paramos em uma seção apenas com roupas dobradas e guardadas em prateleiras.

Quando vi o preço de um vestido pequeno, meus olhos saltaram. Três libras. Eu não podia acreditar que alguém tinha tanto dinheiro para gastar em um vestido. Ganhava uma libra por mês trabalhando com o sr. Nelson e pagava a Hajia cinquenta xelins, metade do meu salário, para minha manutenção. Não podia pagar o espartilho e não queria que Amerley gastasse todo esse dinheiro comigo. Ela estava escolhendo vestidos e colocando-os contra o corpo, e comecei a fazer o mesmo para me distrair da respiração pesada que saía da minha boca. Quem podia comprar essas coisas?

Amerley me arrastou até a prateleira com espartilhos empilhados um em cima do outro e eles também eram caros. Ela pegou um, preto e branco com corte de renda preto, não olhou para a etiqueta, e disse que poderíamos experimentá-lo. No vestiário, nos fundos da loja, uma jovem nos olhou e, talvez, ao reconhecer Amerley, nos deixou passar. Eu tinha certeza de que se eu estivesse sozinha ela teria negado minha entrada. Até mesmo o guarda da entrada não me deixaria chegar tão longe.

Tive que me despir na frente de Amerley, o que estava começando a me acostumar. Ela realmente parecia com uma irmã. Para colocar o espartilho, tive que encolher minha barriga e prender a respiração durante alguns segundos enquanto Amerley me ajudava a colocá-lo. Uma vez que estava firme, tentei soltar meu fôlego, mas estava preso, bem debaixo da minha garganta.

— Eu não consigo respirar — disse.

— Bom, está funcionando.

— Não consigo mesmo. Tire!

— É assim que os espartilhos funcionam.

— TIRE!

Só então ela cedeu.

Eu estava tão feliz que tinha achado desconfortável.

— De qualquer forma, meus seios são pequenos — disse.

— Você tem sorte — ela disse, beliscando meu peito.

— Aqui uma ideia: você poderia escrever uma carta pra um jornal brasileiro sobre sua irmã.

— Para qual cidade brasileira? Como seu pai apontou, é um lugar grande.

Saímos sem gastar um xelim, e fiquei aliviada.

Eu não dormia na mesma cama com ninguém desde que deixei Aminah na fazenda de Wofa Sarpong – mesmo na Missão Basileia, dormíamos em nossas próprias esteiras –, e foi reconfortante ter outro corpo junto a mim, não importava se era um corpo que roncava. Enquanto os roncos me mantinham semiacordada, ouvia o som das ondas batendo. Elas me embalavam para dormir, mas, minutos depois, o ronco de

Amerley me acordava. Pode-se pensar que eu teria considerado uma noite ruim, mas eu cochilei feliz.

— Puxe — Amerley disse, no dia seguinte, com o espartilho em volta dos quadris.

Puxei forte para cima, e ela caiu na cama. Eu ri, mas ela não estava brincando. Tentamos de novo e de novo. Deveríamos estar na igreja às dez, mas quando conseguimos colocar o espartilho de Amerley e depois um vestido floral com mangas de sino por cima, já havia passado das dez. Enfiei um vestido amarelo que ela me deu. Ela penteou meu cabelo, fazendo um coque, e colocou um alfinete de borboleta para segurá-lo. Amerley arrumou o próprio meu cabelo. A verdade é que, além de duas tranças, eu não sabia como arrumar cabelo. Aminah que sempre fez isso.

Eu achei que o casamento já teria acabado quando chegássemos à igreja, mas, para minha surpresa, apenas o noivo e os convidados estavam lá. Amerley deve ter previsto isso. A igreja, felizmente, ficava a apenas uma rua de distância da Casa das Tesouras. E era um edifício de tijolos mais ornamentado do que a igreja missionária. Por dentro, exibia esculturas de Yesu na cruz com uma coroa de espinhos, uma cena que eu conhecia bem de todo o estudo bíblico que tínhamos feito na missão, mesmo que na minha imaginação era bem diferente da realidade que vi ali, porque na missão eles usavam principalmente palavras para descrevê-lo, não muitas imagens. Velas foram acesas no altar, e as pessoas que entravam se benziam antes de se sentar.

A igreja estava quente. As partes das mangas debaixo dos meus braços estavam manchadas de suor e eu me perguntava como Amerley era capaz de respirar com o espartilho apertando as entranhas dela e com tudo o mais que ela estava vestindo. O órgão tocou uma música que soava mais como uma canção fúnebre do que de casamento, enquanto a noiva subia ao altar com o pai, e nós nos levantamos, enquanto me perguntava como ela, também, conseguia respirar. Ela estava coberta por um véu de seda branca da cabeça aos dedos dos pés e usava um vestido branco de mangas compridas com — eu tinha certeza — um espartilho por baixo de tudo. Os homens também estavam assando. A maioria usava paletós pretos sobre camisas brancas engomadas e constantemente enxugavam as testas molhadas de suor. As pessoas que pareciam mais felizes eram os homens que tinham jogado tecidos tradicionais sobre seus ombros nus e usavam shorts. Como eu queria ser um deles. A celebração foi a mais longa que eu já havia assistido. Tivemos que nos levantar e nos sentar tantas vezes que fiquei tentada a ficar de pé todo o tempo.

— Se eu tivesse que escolher — sussurrava para Amerley —, preferiria ser protestante a católica. Este culto é longo e chato.

Amerley piscou, cruzou os braços sobre o coração, e indicou que eu ficasse em silêncio.

Quando o padre anunciou que o casal era marido e mulher, metade da congregação estava dormindo.

O casamento só se tornou interessante na cerimônia subsequente. Nos encontramos em uma casa grande em Jamestown – construída, disse Amerley, por um homem chamado Mama Nassu. Ele foi o primeiro líder dos brasileiros em Acra, e era ali que realizavam reuniões familiares. Naquela época, era o lar do sr. Lutterodt. O pátio da casa fervilhava com as pessoas circulando: algumas mulheres vestidas com tecidos *kente*; outras de branco; homens de cartola e ternos; outros com túnicas coloridas. Bancos e cadeiras foram colocados em torno de bacias de bebidas. As tias de Amerley bebiam incessantemente vinho de palma direto das cabaças. Amerley e eu ficamos limitadas a *nmedaa*, uma bebida de milho sem álcool.

Uma das tias acenou para nós.

— E quem é essa sem carne? — Amerley me disse o que ela perguntou.

Elas mantinham a maior parte da conversa em ga, e a tia me analisava, com os olhos indo de cima a baixo, como se eu estivesse à venda. Me lembrou do dia em que Wofa Sarpong escolheu Aminah e eu. Meu queixo ficou rígido, e devo ter franzido a testa ou feito uma careta, porque de repente ela resmungou e se afastou. Amerley disse que a tia dela queria saber de onde eu tinha vindo.

— Ela é uma bêbada intrometida — Amerley disse. — Apenas ignore. — Sentamos e comemos uma tigela de *kenkey* com peixe frito, tomates moídos e pimenta. Depois de viver em Acra por dois anos, eu ainda não gostava da massa fermentada que era o *kenkey*, mas o peixe estava fresco e crocante.

Amerley, lambendo os lábios, de repente se engasgou.

— Não olhe — ela disse virando o corpo, até ficarmos de frente para o grande edifício no complexo em vez da entrada. — O sr. Lutterodt e seu filho.

O sr. Lutterodt era um advogado importante que achava que seu filho e Amerley deveriam se casar. O filho dele tinha dezenove anos e nós tínhamos apenas quinze. Nelson queria que Amerley terminasse a escola primeiro, mas não queria perder a chance de ascender socialmente na

Costa do Ouro pelo casamento, então ele fechou um acordo, ligando os dois jovens um ao outro. Quando Amerley estivesse pronta, haveria um compromisso formal. O único problema era que Amerley não suportava a companhia do garoto, sequer por curtos períodos. Peguei-me secretamente feliz por poder tomar decisões sobre minha vida sem interferência da família. Poderia fazer o que quisesse e o pensamento era atordoador.

Circulamos pelo complexo experimentando outras comidas que estavam dispostas em lugares diferentes, e fiquei tão cheia que minha barriga estufou e eu agradeci novamente por não estar usando um espartilho horrível. Comecei a jogar um jogo, contando quantas mulheres usavam um espartilho, a julgar pelo olhar de dor nos rostos delas. Não poderia trazer Amerley para meu jogo porque ela era uma delas e provavelmente não apreciaria minha brincadeira. De qualquer forma, os familiares dela ficavam perguntando sobre os estudos e porque ela não ia mais visitá-los. E então, esbarramos em John Lutterodt Jr. Não passou desapercebido como a vida gostava de fazer piadas. Eu estava tentando encontrar uma pessoa, e o universo estava fazendo tudo para mantê-la fora da minha órbita. Mas e se estamos evitando encontrar alguém? Era o oposto.

A pele de John Jr. era clara como manteiga de karité, embora Amerley tivesse me dito que o ancestral branco dele era de pelo menos quatro gerações atrás. Ele sorriu para Amerley e estendeu a mão para apertar a dela, depois a minha.

— E sua amiga se chama...? — ele perguntou.

— Hassana, John.

— Prazer — John disse. Então ele ficou lá e olhou para nós. Amerley estava certa; que pessoa chata.

— O que achou do casamento? — perguntei, porque o silêncio era muito ensurdecedor.

— Foi lindo. Quando for a nossa vez, será ainda melhor.

Amerley fingiu um sorriso, disse que sua tia Adukoi a estava chamando e puxou meu braço, afastando-nos dele.

— Onde está sua tia? — perguntei.

— Eu menti. Imagine estar casada com *aquilo* por toda eternidade — ela disse, quando nos aproximamos de um grupo de mulheres que estavam cada vez mais bêbadas. No *zongo*, e mesmo crescendo em Botu, era incomum ver mulheres bebendo. Gostava que ali elas podiam fazer o que quisessem.

— Não consigo conversar com ele sem me sentir enjoada. Vamos dançar!

Percursionistas atacaram os tambores, tocando *kpanlogo*, e as tias sacudiam as cinturas e as costas e se abaixavam até o chão. Amerley e eu nos juntamos a elas. Não me lembrava da última vez que dancei. Quando tinha oito ou nove anos? Dançamos, comemos, bebemos *nmedaa*, e depois acabamos em um grupo de tias contando histórias. Disse a Amerley para traduzir as partes engraçadas em ga, mas não estava realmente ouvindo. Elas estavam falando sobre as formas que conquistaram os maridos. Uma disse que fez um *juju*; outra disse que foi no baile da aldeia. Fiquei sentada, olhando para o céu roxo profundo com nuvens em torno de uma lua redonda. Feliz e vazia, perguntava-me como as duas emoções poderiam se misturar tão facilmente dentro de mim. Estava contente em estar naquele lugar, mas ainda havia um vácuo dentro de mim. Eu precisava de direção, uma razão para estar ali. E mesmo assim, naquele momento, não queria estar em nenhum outro lugar.

Nós ficamos acordadas até tão tarde que o culto da igreja no dia seguinte sequer foi discutido, e eu fiquei satisfeita. Não poderia imaginar ter que ir a outra missa. Quando disse isso a Amerley, que estava deitada de costas, ela se virou para mim e disse:

— Então, o que você é?

Eu conhecia a Bíblia por dentro e por fora, mas não podia dizer que era cristã. E quanto a Otienu e minhas antigas crenças, senti como se as tivesse abandonado em Botu. Eu estava ao léu.

— Não sei — respondi.

— Você deveria se batizar. Pelo menos assim sua alma não vai acabar no inferno.

— Quando eu morava na casa da missão, perguntei a uma das minhas professoras sobre o inferno. Disse a ela que às vezes, essa vida parecia um inferno. Ver minha casa queimar em chamas, com minha mãe lá em algum lugar… não tem como ficar pior do que isso. Ela não tinha nada a me dizer. Quanto ao que me lembro sobre nossa antiga forma de acreditar, nosso Deus ficava bravo conosco apenas se tivéssemos feito algo errado, e então realizávamos sacrifícios para acalmá-lo. Ainda não sei o que nossa aldeia inteira pode ter feito de errado para merecer os invasores que nos destruíram. A verdade é que eu não sei mais no que acreditar.

— Ainda somos jovens — ela disse. — Temos a vida toda pra decidir.

Ficar com Amerley reabasteceu minhas energias e eu pude suportar mais uma semana dos pesadelos do oficial Osman, mas, sem dormir e com medo do que ele faria em seguida, Hajia se sentia encurralada. Ela contou ao superior do oficial Osman sobre a condição dele, e o homem o internou.

O oficial Osman já estava em reclusão por quase dois meses quando Hajia, seus filhos e eu fomos para High Street, andando da mesma maneira que eu tinha ido com Amerley, mas com um tipo diferente de propósito. Enquanto Amerley e eu tivemos tempo para observar os edifícios e as pessoas indo e vindo, Hajia e eu andamos com pavor dentro de nossos peitos. Chegamos ao que costumava ser a antiga alta corte de Victoriaborg e fomos recebidos com as palavras "Hospício de Lunáticos" gravadas sob os beirais do edifício. A entrada longa era escura e cheirava como se tivesse sido pulverizada com uma solução de adstringente e urina. No final do corredor, um homem de branco olhou para nós.

Lágrimas incharam os olhos de Hajia e ela mal podia falar, então eu dei o nome completo do oficial Osman.

— Terceiro andar — ele disse.

No primeiro andar, os gritos que vinham das portas fechadas nos apressaram até as escadas. O segundo andar foi menos barulhento; o terceiro era tranquilo como um cemitério. Também era mais iluminado do que lá embaixo. Abrimos a porta da enfermaria e vimos uma fila de camas forradas em ambos os lados da sala. Li os nomes marcados nos pés de cada cama, porque todos os pacientes estavam envolvidos nos próprios mundos; eles eram irreconhecíveis.

Quando Hajia o encontrou, chorou alto, e um enfermeiro nos disse para não fazer tanto barulho. Hajia o abraçou e as crianças se aproximaram do pai, mas não tocaram nele. Ele olhou para mim e acenou com a cabeça. Ele já era um homem pequeno, mas parecia ter encolhido ainda mais, e a pele dele parecia adulterada pela umidade, como pele de elefante. Hajia abriu a bolsa e tirou um pacote verde, que ela abriu para revelar *kafa*, uma farinha de milho branca e sem gosto, a refeição recomendada enquanto se está doente. O oficial Osman mastigou lentamente, olhou para os filhos e sorriu.

Queria perguntar a alguém, a qualquer um, quando ele poderia voltar para casa, mas os enfermeiros – dois deles – pareciam tão ameaçadores que, em vez disso, virei-me para Hajia.

— Devo falar com eles? — perguntei e ela acenou com a cabeça.

Levantei-me, ergui o queixo e fui até os homens. Eu queria imitar o sotaque britânico, mas estava sem prática desde que me separei de Richard, então, simplesmente reuni minha coragem e disse:

— Bom dia.

Eles não responderam, mas pelo menos estavam me dando atenção.

— Minha tia e eu queremos saber se meu tio está livre pra ir — eu disse.

— Só o médico pode dizer — disse um dos enfermeiros.

— Onde está o médico?

— Ele só vem às vezes. Só na próxima semana agora.

Do nada, um calor se formou na minha barriga e eu queria gritar que eles poderiam se esforçar mais para parecer que se importavam conosco. Era injusto, mas eu não queria fazer nada que afetasse a decisão deles. Olhei para os outros pacientes e me perguntei há quanto tempo estariam ali. Eles pareciam sem direção, perdidos, como se estivessem apenas implorando para serem libertados da vida. Mas não o oficial

Osman. O médico dele tinha dito a Hajia que ele estava sendo tratado de melancolia. Ele estava despedaçado, mas não queria deixar este mundo.

Quando contei a Hajia, ela simplesmente colocou mais *kafa* nas mãos do oficial Osman, abraçou-o e nos tirou do hospital.

Uma coisa era não saber onde sua família estava, outra é ver sua família sendo maltratada e não ter poder para impedir isso. Meu sangue ferveu. Mas eu conhecia uma pessoa que assumiria esse caso comigo: Amerley. Lutaríamos pelo oficial Osman.

— Vamos escrever uma petição — ela disse quando lhe contei sobre a visita.

Ela arrancou uma folha de um dos cadernos que tinha, colocou uma régua de madeira sobre a folha e arrancou as rebarbas. Sentamos na cama dela com um tinteiro, uma caneta, e um dicionário que ela pegou de sua escrivaninha. Escrevemos, riscamos, editamos, reescrevemos, até chegarmos a uma boa declaração. Minha parte favorita era: "É inconcebível que um homem que serviu a Rainha e o país, na Polícia da Costa do Ouro, depois de sofrer um leve colapso, seja mantido refém no deplorável manicômio. Exigimos que ele seja solto imediatamente".

— O que fazemos com isso agora? — perguntei.

— Vamos levá-lo para o amigo advogado do meu pai. Ele é bastante combativo.

Tinha certeza de que o fogo que vi nos olhos de Amerley combinava com o que sentia no meu peito. E se pudéssemos nos tornar uma verdadeira força para levar justiça às pessoas em Acra, e depois nos espalharmos para o resto da Costa do Ouro? Fazer pessoas como Wofa Sarpong pagarem por manter pessoas escravizadas, perseguir as pessoas que queimaram minha aldeia e me separaram da minha família? E se eu me tornasse uma advogada?

O advogado Easterman estava ocupado, mas nos pediu para deixar a carta no escritório dele. Uma suspeita irritante me disse que a carta acabaria coberta de teias de aranha ali, e, com ela, qualquer sonho que eu tivesse de defender os indefesos. Perguntei-me o que me tornaria mais poderosa. Nascer em uma nobre família da Costa do Ouro? Ser um menino? Não ter sido escravizada?

Amerley bateu palmas e sorriu, e agradecemos a secretária do Advogado Easterman, mas seu bom humor não me atingiu. Eu nem tinha certeza se o advogado Easterman leria nossa carta. Não me senti vitoriosa. Eu me senti impotente.

capítulo sete
VITÓRIA

O céu escureceu. Um trovão estrondou lá fora e as árvores balançavam como se estivessem bêbadas de pinga. Embora fosse a quinta estação chuvosa que Vitória passava na Bahia, ela nunca deixava de se maravilhar com a forma como a terra parecia tão sedenta; não queria que o céu parasse de esvaziar.

Yaya não saía da cama há uma semana, e quando Vitória entrou no quarto da idosa, ouviu um ronco baixo. Foi até a cozinha, colocou feijões em uma tigela e cobriu-os com óleo de palma e farinha. Ela tinha comido tanto farinha e feijão, que estava convencida de que cresceriam brotos de feijão e caules de mandioca na cabeça dela. Vitória levou a tigela para a sala de estar, se sentou na janela, e observou a cortina de chuva caindo. As dores de Yaya geralmente duravam alguns dias. Este ano, estava preocupante quanto tempo ela ficou de cama.

Vitória passou a maior parte daquele dia chuvoso costurando roupas para clientes, e quando o primeiro raio de sol saiu por entre as nuvens, ela pegou uma cesta e foi ao mercado. Frango ou carne de porco quebrariam a monotonia dos feijões. Quando os ossos de Yaya melhorassem, pelo menos a casa estaria em ordem, as compras feitas e as roupas prontas para entregar.

O grito de um tucano parou Vitória enquanto ela descia o morro. Soava como um sapo grande. Ela olhou para cima e viu o grande pássaro preto e amarelo pousar no topo de um cajueiro. Toda vez que via um tucano, não podia deixar de pensar no *tchiluomo*, que Hassana chamava de pássaros primos, porque sempre voavam em dois. Um convocava e o outro seguia. Os de Botu eram muitas vezes pretos e brancos, às vezes com os bicos vermelhos, e abençoados com uma canção doce, diferente do grito de sapo do tucano. Além disso, ele parecia solitário. Ela assobiou a música feia dele e continuou o caminho para o mercado.

Ela voltou para casa, deixou a cesta na cozinha e mais uma vez foi ver Yaya, que parecia enrugada e cinzenta. Quando Vitória se aproximou, encontrou a testa de Yaya pontilhada de suor. Pegou um jarro de água e uma toalha, e limpou a testa e o peito dela. Ela desfez as tranças grisalhas e apertadas de Yaya, colocou os dedos entre os cachos dela e massageou o couro cabeludo. Então, fez uma sopa de tomate com carne de porco e levou uma tigela para ela. Yaya bebeu lentamente, mas se recusou a comer a carne.

As estações chuvosas, quando Yaya tinha ficado de cama, pareciam quase como um jogo para Vitória: era a chance de Yaya ter alguma paz antes que outras pessoas viessem fazer exigências dela — roupas, conselhos, orientações, cerimônias. Dessa vez, era diferente. Vitória sentiu como se tivesse conquistado tudo que sonhou, mas que tudo estava prestes a ser arrancado dela. Não poderia cuidar da Yaya sozinha. Ela foi buscar a irmã Maria, que ajudava nas cerimônias do Candomblé, e voltou para o quarto escuro de Yaya com ela. Irmã Maria entrou arfando no quarto, e suplicou.

— Yaya, você sabe que todos nós precisamos de você aqui, então, por favor, espere. Lute por nós.

Quando a mulher se acalmou, Vitória perguntou:

— O que há de errado com ela?

— Bela, ela está queimando em febre.

Yaya murmurou.

Irmã Maria se inclinou, acenou com a cabeça, e disse:

— Vitória, deixe-me olhar as folhas de Yaya. Os remédios.

Vitória foi para a cozinha, vasculhou no armário onde Yaya guardava as folhas para cerimônias, e voltou com um pote de ervas. Irmã Maria pegou uma casca e a encharcou em um copo d'água, em seguida, levou-o aos lábios de Yaya. A velha estremeceu e engoliu o remédio. Ela fechou os olhos. Irmã Maria e Vitória saíram da sala.

Os dias seguintes não foram melhores. Irmã Maria assumiu as cerimônias do Candomblé no terreiro, e Vitória preparou as comidas, protegendo Yaya de muitas visitas. Se Yaya já tivesse falado algo de ruim sobre uma pessoa que vinha visitá-la, Vitória não deixaria passar pela porta.

— Yaya está dormindo — ela diria.

Três semanas se passaram e Yaya se recusou a ver um médico. Disse que como tinha os orixás trabalhando para ela, não havia necessidade de ver pessoas cujos remédios nem funcionavam. Ela instruiu Vitória e irmã Maria sobre as ervas que poderiam misturar para fazê-la melhorar. Yaya tinha perdido o pouco de carne que uma vez lhe deu curvas e parecia enrugada na cama.

Por fim, pediu que o babalorixá que havia iniciado Vitória fosse tratá-la. Ele ficou no quarto dela o dia inteiro.

Uma vez, sem que Vitória tivesse perguntado, a irmã Maria disse que a vida de Yaya não tinha sido nada além de dura. Ela trabalhava como ama de leite para uma família rica em Salvador que vendeu os filhos de Yaya para outras plantações. Então ela guardou dinheiro, moeda por moeda, até conseguir comprar a própria liberdade. Levou mais de trinta anos. Depois disso, Yaya resolveu fazer tudo o que podia para libertar os outros. As pessoas resistiam a ela porque achavam que estava comprando as pessoas para escravizá-las.

— Sim — a irmã Maria disse — alguns de nós, negros, também escravizavam outros negros aqui na Bahia.

Tudo o que Yaya queria era dar-lhes liberdade. Foi com alguns desses homens e mulheres libertos que ela começou o terreiro, muito tarde na vida, mas com isso ganhou muito mais filhos do que os que havia perdido. Vitória perguntou por que Yaya tinha voltado para o Brasil, e irmã Maria disse que, segundo Yaya, os espíritos haviam pedido a ela para fazer esse trabalho de ajudar todos a se libertarem. Até que cada um ao redor dela estivesse livre de corpo e alma, ela não poderia parar o trabalho. A escravidão tinha acabado, mas os espíritos das pessoas ainda estavam presos.

Vitória saía sorrateiramente em alguns desses momentos que a irmã Maria estava na casa, só para poder respirar. Não queria sentir que Yaya também se juntaria aos ancestrais. Muitas vezes, dizia à irmã Maria que ia ao mercado, o que fazia, acompanhada por Joaquim. Ele propôs que eles fossem para Itaparica, a ilha em que o pai dele havia crescido.

— Como?

— Eu vou te levar em uma jangada.

— Tenho medo de água.

— Ah, Vitória! Você é uma filha de Iemanjá.

— Você sabe que às vezes ela gosta de manter os filhos perto.

— Se Iemanjá te escolheu, ela vai te proteger.

Ele disse isso com tanta convicção que ela quase não acreditou nele, mas estava pronta para confiar. Isso a fez pensar nas palavras de Yaya, que os homens não eram confiáveis. Felizmente, Joaquim ainda não era um homem, ela disse a si mesma e concordou em ir com ele.

Eles caminharam na direção oposta da cidade e Vitória olhou para trás para se certificar de que irmã Maria não a tivesse seguido. Ela não gostou das perguntas que a mulher lhe fez quando voltou do mercado. Por que demorou tanto? O vendedor de acarajé magro estava na estrada? Tinha certeza de que a mulher estava criando alguma história na cabeça dela sobre onde Vitória tinha estado.

Na praia, Joaquim empurrou a jangada com velas brancas na água, os músculos dos braços magros dele esticaram-se. Ela ficava maravilhada que ele andava por toda parte descalço. Como filha de um sapateiro, ela sempre teve sapatos – até aqueles homens a cavalo a sequestrarem.

Ele chamou Vitória, mas os pés dela não saíram da areia.

— Venha — ele insistiu.

— Não consigo.

— Então feche os olhos.

Ela apertou as pálpebras. De repente, começou a se sentir tão leve quanto o ar, conforme ele a levantava e a colocava em um assento na jangada. Ela abriu os olhos. Ele remou e logo estavam cercados por águas claras. Ela olhou para baixo e viu que o fundo do mar não estava muito abaixo. Cardumes de peixes desviavam do caminho dos remos e quando Joaquim remava o lodo ia para cima, nublando a água da baía clara.

— Posso te ensinar a nadar — Joaquim disse, soltando os remos e deixando as velas assumirem.

— Minha irmã tentou. Não vai funcionar.

Ela olhou para a frente, com o pescoço duro, e viu a ilha verde de Itaparica se aproximar. Rapidamente olhou para a água, e se arrependeu. Não podia mais ver o chão da baía.

— A vista de Salvador daqui é de tirar o fôlego — Joaquim disse.

Ela tentou se virar, mas a jangada balançou para a esquerda, então se endireitou e decidiu que iria ver a cidade no caminho de volta. Viu barcos carregados com bananas e abacaxis indo em direção a Salvador. Um homem em outra jangada acenou para Joaquim. Depois de remarem pelos manguezais e desembarcarem em uma praia bem arenosa de Itaparica, o pescoço dela estava dolorido. Eles estavam navegando por horas. A ilha verdejante os recebeu com casas em tons pastel de amarelo, azul e rosa.

— Como vamos salvar o terreiro de Yaya? — Vitória perguntou enquanto caminhavam em direção a uma igreja com paredes de pedra. Não era justo como essas igrejas poderiam ser tão expostas, e o terreiro não, apenas por conta do lugar que tinha vindo. — Temo que Yaya esteja morrendo.

Ela engoliu em seco para lutar contra as lágrimas, e ele a abraçou e esfregou suas costas.

— Yaya não deveria ser a única a colocar dinheiro em um lugar que salva todos nós — Joaquim disse, levando-a de volta em direção ao mar.

Eles se sentaram em uma pequena crescente de uma praia e assistiram o trabalho interminável dos caranguejos. O caranguejo entrava em um buraco, saía, descartava a carga e repetia o processo sem parar.

— E se fôssemos por aí, pedindo a todos pra doar alguns réis por mês? — Vitória perguntou. — Acho que não vamos conseguir muito, mas vai ser algo que podemos continuar dando a esse sr. Ferreira.

— Sim — Joaquim disse. — Meu pai costumava dizer que figuras públicas são tão bandidas que levam qualquer coisa.

— Faremos isso por Yaya; continuar o trabalho que ela começou de libertar as pessoas e seus espíritos.

Eles olharam um para o outro e Joaquim se inclinou. As peles deles se tocaram. Ele era fresco; ela, quente. O cheiro dele era de limão com um toque de sal. Salgado? Ela não notou que passou a língua contra a suavidade da pele dele para provar. Antes que percebesse, os lábios dele roçaram nos dela e ela pressionou de volta, e foi a experiência mais bonita que o corpo dela já havia sentido. O coração disparou, o sangue acelerou, e encostou o corpo contra o dele. Ele recuou e olhou-a nos olhos, e só então ela voltou para a terra.

Ele lhe mostrou a praça principal da ilha, o forte, e a fez ouvir o coaxar delicado dos sapos de lá, cantando mesmo à luz do dia. Eles caminharam ao longo da costa, e Vitória se surpreendeu ao perceber que o mar havia recuado no pouco tempo em que estiveram lá. Eles teriam que dar pelo menos vinte passos a mais para chegar até ele. Pararam em frente à casa do pai de Joaquim e o coração de Vitória afundou. Arbustos verdes tinham tomado o que sobrou do tijolo vermelho. Ela não queria que isso acontecesse com o terreiro deles.

Quando voltou para casa, os olhos da irmã Maria estavam inundados de lágrimas.

— Acho que é o fim — ela sussurrou.

Vitória se sentiu culpada por ter passado o dia com Joaquim. Ela se sentiu ainda pior porque ela tinha desobedecido Yaya e continuou os passeios com ele.

Ela entrou no quarto de Yaya e se sentou na cama, e o ranger a acordou. O rosto dela estava suave, e a fez pensar no bebê de sua mãe quando nasceu. Como o nascimento e a morte podiam ser tão parecidos? Ela supôs que eram apenas dois extremos de uma corda. E uma corda poderia formar um círculo. O que era a vida além de um círculo?

— Vitória, vá encontrá-la — Yaya sussurrou.

— Quem?

— Sua gêmea.

Vitória afastou a cabeça. A surpresa era tanta que ela retrucou quase gritando:

— Como você sabe?

— Primeiro, suspeitei de que você era especial quando o babalorixá me disse que você poderia receber tanto Iemanjá quanto Ibeji. Mas, pra ser honesta, Sule me disse. Há um ano ou dois, ele veio te encontrar porque tinha uma leitura para você. Ele deixou escapar que era sobre sua irmã gêmea. Fingi ser ciente disso. Nunca teria trazido você aqui se soubesse que você tinha uma gêmea. Na verdade, eu planejava levá-la de volta eu mesma, mas essa doença me impediu. Por que você não me contou?

Yaya apertou os lábios e Vitória ficou quieta. Todo esse tempo, ela pensou que tinha conseguido manter esta parte de si mesma trancada, longe de Yaya.

— Eu não... eu não sei como encontrá-la — Vitória sussurrou, acanhada.

— Você tem que tentar — Yaya disse novamente, pressionando as almofadas dos dedos no pulso de Vitória.

— Eu não posso simplesmente voltar pra Botu e encontrá-la. Ela foi sequestrada, assim como eu.

— Se ela está procurando por você, e você por ela, vocês vão se encontrar. Vocês só precisam estar na mesma terra. Esta água, o mar, pode quebrar a conexão. Ele nubla as coisas. Cruze-o e volte pra ela. Vocês têm a mesma alma sagrada. — Yaya fez uma pausa. — Sei como é perder a família. Pode te deixar só e amarga. Encontre-a.

Aquilo não era novidade para ela, mas abalou todos os planos que fez. Sua mãe usou a palavra *"misuama"* para "sangue", e ela tinha dito muitas vezes que Vitória e Hassana continham o mesmo *misuama*. Era por isso que os sonhos delas estavam conectados. Mas ela tinha outras perguntas.

— Yaya, por que fui trazida até aqui se tenho que voltar pra onde eu comecei? — Ela pensou no plano que tinha de salvar o terreiro, e em um possível futuro com Joaquim.

— Seu caminho ficará mais claro com o tempo. Você não é a mesma pessoa que encontrei nas ruas de Lagos há cinco anos. Quem veio primeiro ao mundo? Você?

— Ela.

— Isso é importante…

Vitória não gostou da finalidade da conversa. Era como se Yaya estivesse dispensando os últimos pedaços de sabedoria antes de deixar a terra, e isso doeu em Vitória. Ela queria sair da sala, mas os dedos de Yaya agarravam firmemente os dela.

— Você é *kehinde* — Yaya disse com a voz rouca. — Significa que você veio depois, mas é a mais velha. Você mandou sua *taiwo* sair pra provar o mundo antes de você, e ela disse que estava tudo bem em sair. Significa que você dá as ordens. É você que tem a chave pra vocês se encontrarem. Você sempre se achou menor, mas é você quem está no comando. Sem você, ela não tem propósito. Você dá a ordem e ela segue. Você é a guardiã da alma que vocês compartilham.

Yaya estava falando demais. Por que usar esses novos nomes, *kehinde* e *taiwo*? Por mais que Vitória quisesse que ela traduzisse essas palavras, não gostava da forma que a respiração de Yaya tinha ficado ruidosa. Ela pegou as mãos de Yaya entre as suas e olhou nos pequenos olhos da mulher. Yaya olhou para o teto, e Vitória seguiu o olhar. Não havia nada lá, mas Yaya não parava de olhar para cima. Os olhos dela ficaram cada vez menores e logo a respiração diminuiu.

Vitória fechou os olhos de Yaya. Ela nunca teve que fazer isso por ninguém e ainda assim foi natural fazê-lo, fechar as cortinas das janelas para a alma de Yaya. Então, ela saiu do quarto e chamou a irmã Maria, que estava preparando uma refeição na cozinha.

— Ela nos deixou — Vitória disse, soluçando.

Irmã Maria começou a gemer e depois cantarolou um ponto para Xangô, orixá de Yaya.

Vitória foi para o quarto e se enrolou na cama.

As pessoas viriam e Vitória teria que sair e cumprimentá-las – o funeral de Yaya seria um caso que traria pessoas de longe, como do Rio de Janeiro, disse a irmã Maria.

Era verdade. O funeral era tão grande que foi realizado em um dos maiores terreiros da Bahia. Todos usavam branco e cantaram de manhã à noite. Havia muita, muita gente. Vitória se sentou em um canto da sala. Apenas se sentou. Ela não tinha capacidade de fazer nada. Abandonou os planos de andar entre as pessoas, angariando dinheiro. Irmã Maria e os outros membros mais antigos do terreiro de Yaya não a importunaram. Vitória sentiu como se tivesse sido desossada. Joaquim lhe trouxe um prato de feijoada que ela nem tocou. Ela achava que depois de tudo o que tinha acontecido com a família dela, a tragédia a deixaria em paz por um longo tempo, mas ainda estava procurando por ela. Ela chorou até dormir.

Ela está debaixo d'água, respirando. Circunda a irmã. Emerge na superfície da água, buscando por ar, e seus pulmões se expandem. Ela está nadando sozinha.

Após o funeral, Vitória se mudou para a casa da irmã Maria, no topo da colina depois da casa de Yaya. Uma noite, Vitória ouviu irmã Maria discutindo com o marido. No começo, pensou que não era da conta dela e ia ficar no quarto, mas quando entendeu que era porque a cidade de Salvador estava planejando fechar o terreiro, ela saiu.

Irmã Maria não estava discutindo mais. Lágrimas serpenteavam pelo rosto dela; os olhos estavam vermelhos. O marido dela estava sentado. Os olhos esbugalhados observavam Vitória, mas ele não disse nada. A pele dele foi drenada de cor; ele não fazia nada além de beber cerveja e jogar com os amigos.

— Eles estão fechando o terreiro? — Vitória perguntou.

Irmã Maria explicou que a boa relação de Yaya com um político foi a única razão pela qual ela foi autorizada a praticar o Candomblé e manter o terreiro aberto por tanto tempo. A cidade queria reprimir as pessoas que praticavam o Candomblé, então eles dois aproveitavam as menores possibilidades para infringir a lei. Mas o único erro de Yaya foi morrer sem deixar uma mãe para a congregação. A irmã Maria disse que Yaya a levou para conhecer o político pouco antes de ficar acamada e o homem as tinha recebido, mas quando a irmã Maria tentou encontrá-lo sozinha, com o dinheiro que Yaya tinha deixado, ele alegou que não a conhecia.

Vitória lembrava dos caranguejos na praia no dia em que ela e Joaquim visitaram Itaparica. Eles nunca paravam de se mover. Mesmo quando Vitória os afugentava, eles protelavam e voltavam direto para o trabalho.

— Vamos voltar — Vitória disse. O medo estava pressionado a barriga dela, mas também a enchendo de uma bolha de excitação. — Vamos nos sentar na frente da porta dele todos os dias. Nós temos o dinheiro.

No terreiro, Vitória só tinha vivido coisas boas: era uma congregação de gente que se reunia para comungar com os ancestrais e os espíritos que as protegiam. Era um lugar onde todos saíam de barriga cheia. Um lugar onde as bênçãos eram abundantes. Cada vez que sentia Iemanjá dentro dela, sentia-se poderosa, mais gentil, cheia de vida. Ela não entendia por que alguém queria que isso acabasse. Não era um grupo de pessoas desejando a morte de ninguém. Eles não estavam condenando a alma de ninguém às profundezas mais quentes. Todos eram bem-vindos, e Vitória já tinha visto muitas pessoas buscarem o terreiro de Yaya.

Junto à irmã Maria, Vitória entrou em uma das construções enormes que pensava ser habitada por fantasmas, porque ninguém parecia entrar ou sair delas. Ela ficou surpresa ao encontrar o mundo que acontecia ali dentro: um mar de homens brancos. Esses homens riam, davam tapas nas costas uns dos outros e não tinham tempo para notar duas mulheres negras, uma delas ainda uma criança.

Elas perguntaram sobre o paradeiro do homem e foram enviadas para uma sala cheia de papéis, depois de um longo corredor. Vitória ficou surpresa e satisfeita ao descobrir que o político era o canalha que ela alimentava com carne de baleia. Tinha a sensação de que os colegas dele não sabiam sobre as visitas à Yaya. Se ele tentasse usar os mesmos truques novamente, ela mencionaria todas as vezes que ele a visitara.

— Sou filha de Yaya — Vitória disse. — Da Liberdade.

O sr. Ferreira sorriu e pediu desculpas aos homens com quem partilhava o escritório e enxotou irmã Maria e Vitória de dentro da sala.

— É tarde demais — ele sussurrou, já no corredor.

— Nunca é tarde demais — Vitória disse.

— Temos o dinheiro — irmã Maria disse, dando tapinhas nas mãos de Vitória para acalmá-la.

— E vamos continuar a te dar o dinheiro — Vitória blefou. — Com que frequência você quer ser pago?

Ele não disse nada.

— Nós continuaremos vindo.

— Fale baixo — o homem disse. — Não estou fazendo promessas, mas voltem na próxima semana e terei novidades pra vocês.

Ele olhou em volta e ergueu as sobrancelhas, com os lábios e dedos úmidos de expectativa.

Irmã Maria abriu a bolsa e tirou um bolo de réis dobrados.

O sr. Ferreira as evitou durante semanas, e com isso Vitória teve muito tempo para pensar. As últimas palavras de Yaya muitas vezes voltavam. E ela tinha sonhado muito com a irmã. Principalmente sonhos com água. Sabia que não poderia ficar com a irmã Maria para sempre, mas a ideia de ir em busca de Hassana fez o medo apertar o interior da barriga dela com unhas afiadas. E tinha o Joaquim. E se eles fugissem para o interior da Bahia? Ela poderia abrir o próprio terreiro e costurar roupas. Hassana voltou a se infiltrar na mente dela. O mundo era gigantesco. As chances de encontrá-la eram pequenas. Por que deveria passar por mais sofrimentos em vez de seguir em frente?

Ela procurou respostas. Baba Sule era a própria sabedoria. Perguntou a irmã Maria se poderia vê-lo e a mulher acompanhou Vitória descendo a colina e bateu palmas na frente da porta de Sule para anunciar a presença delas. Quando ele atendeu, a irmã Maria lhe disse que acompanharia Vitória de volta depois que terminassem.

— Volte — Sule disse. — Seu vínculo será mais forte lá.

— Yaya disse a mesma coisa.

A filha adotiva de Yaya, Tereza, estava em Lagos; poderia voltar e ficar com ela, mas Vitória confessou que não sabia escrever.

— Você tem passaporte britânico — Sule disse. — Não terá problemas pra voltar. Maria e eu vamos escrever pra Tereza. Se quiser voltar, você pode. É apenas um rio entre aqui e lá.

Se Yaya tinha sido uma mãe protetora como uma galinha com seus pintinhos para Vitória, a irmã Maria era como uma leoa. Joaquim não tinha permissão para visitá-la, porque meninas decentes ficavam em casa e, principalmente, não recebiam homens como convidados. Vitória estava acompanhada por toda parte.

Irmã Maria não deixou Vitória ir sozinha até o trabalho do sr. Ferreira, o que ela teria feito com prazer. Ficaria sentada do lado de fora da porta do escritório dele da manhã à noite aguardando notícias dele. Em vez disso, passava os dias terminando os pedidos de costura que Yaya não havia concluído ou coletando as pitangas que caíam no jardim da irmã Maria e as colocando em cestos. Ela esperava pelo dia que retornaria a Lagos. A rotina logo se tornou repetitiva.

Vitória foi até a irmã Maria na cozinha.

— Devemos dizer a todos que o terreiro será aberto novamente — ela disse. — Ou as pessoas irão pra outro lugar.

— É muita gente, Bela.

— Vou fazer isso. E farei com que os outros jovens me ajudem.

— Não sei...

— Não podemos esperar por aquele homem horrível. E quanto mais pessoas tivermos nos apoiando, mais poder teremos. — Vitória não repetiria os erros de Yaya. Se eles chegassem em grupo no escritório do homem, ele ficaria tão envergonhado que teria que agir mais rápido. Ela e a irmã Maria não eram suficientes.

— Teremos que começar na Liberdade — irmã Maria disse. — A notícia vai se espalhar depois disso.

— Posso começar na Liberdade amanhã — Vitória disse.

— Amanhã tenho muitas tarefas, Bela. E eu tenho que estar lá com você.

Vitória se sentia preciosa, e não era um sentimento de que gostava muito. Queria sair por aí sem a irmã Maria. Olhou para ela.

— Talvez possamos ir juntas pela manhã... Ah — irmã Maria disse, mudando de assunto. — Escrevemos pra Tereza.

Quando tivermos uma resposta, compraremos sua passagem de navio para Lagos.

Vitória preferia dar uma volta com Joaquim mas, no dia seguinte, ela e a irmã Maria desceram o morro, passaram pela casa de Sule e subiram por um estreito atalho vermelho em direção ao fim da colina. Bateram palmas do lado de fora da casa no topo e o velho que atendeu disse que não estava interessado.

A próxima casa era a de Joaquim, e Vitória prendeu a respiração. Desde o funeral de Yaya, ela só o tinha visto de relance.

— Eu vou com vocês — ele disse à irmã Maria.

— Você é querido — ela disse. — E conhece todo mundo, então não posso recusar. Estamos dizendo às pessoas que o terreiro ainda está aberto.

— E estamos recebendo contribuições pra mantê-lo aberto — Vitória completou.

O trio caminhou em silêncio. Vitória refletia sobre as tantas coisas não ditas entre ela e Joaquim. Ela imaginou uma conversa entre eles.

"Não falamos sobre o que aconteceu em Itaparica", ele diria.

"Não adianta… estou indo embora. Estou voltando para Lagos."

"Não vá. Fique aqui comigo."

Chegar à casa seguinte tirou Vitória desses pensamentos. Lá, a mulher que atendeu disse que havia se mudado para outro terreiro. Em outra casa, uma mulher mais velha balançou os braços no ar e disse que Yaya ficaria orgulhosa deles. Descendo o morro, foram até os primos do Joaquim e da irmã Maria, todos jovens que queriam ajudar no que podiam. Vitória aproveitou a chance de se aproximar de Joaquim.

— Estou voltando pra Lagos — ela disse.

Ele permaneceu em silêncio por um tempo antes de responder.

— Admiro que você ainda esteja trabalhando para o terreiro. Você realmente é uma pessoa maravilhosa.

— Obrigada.

Ela estava grata por ele não ter ficado chateado.

Eles foram aumentando em número e, em um certo momento, tiveram que parar e dizer às pessoas por que estavam reunidos. Irmã Maria e Joaquim se voltaram para Vitória.

Sua garganta se apertou. "Oh, Iemanjá", ela pensou.

— Estamos aqui — ela disse com a voz rachada, então limpou a garganta. — Estamos aqui pra manter nossa comunidade unida. Nós não fizemos mal a ninguém e estamos lutando por um lugar pra adorar pacificamente. Estamos aqui pelo espírito de Yaya. Queremos que a cidade de Salvador saiba que não podemos simplesmente ser excluídos. Nós, os filhos de Xangô, Iemanjá, Obatalá e todos os orixás, existimos, somos um povo livre e não seremos esmagados.

Joaquim bateu palmas e incentivou a multidão a aplaudir também.

— Na próxima semana, vamos à prefeitura e ficaremos lá até que nos deixem fazer um culto em nosso terreiro.

No final do dia Vitória e o grupo tinham passado por quase todas as casas da Liberdade. Encararam cães latindo; ofereceram-lhes mangas para comer; foram instruídos a desistir; foram abraçados.

Vitória pediu a Joaquim que escolhesse mais quatro pessoas que fossem de confiança parar irem com ela ver o sr. Ferreira. Na casa da irmã Maria, Vitória planejou o encontro, servindo suco e sentando-se no círculo que haviam formado.

— Já se passou mais de um mês desde a última vez que o vimos — Vitória disse. — Ele não gosta de nos ver por lá. Se formos em um grande grupo, ele será forçado a dizer algo.

O sr. Ferreira apareceu na casa da irmã Maria depois que ela, Joaquim, a irmã Maria e as outras quatro pessoas foram ao escritório dele. Disse que poderiam abrir novamente o terreiro, mas que teriam de lhe pagar impostos trimestralmente. Quando tivesse certeza de que eles podiam cumprir com os pagamentos, ele passaria duas vezes por ano.

— Não é preciso ir ao meu local de trabalho — o sr. Ferreira disse. Ele passaria pela casa da irmã Maria para buscar o dinheiro.

Vitória se perguntou se logo começaria a pedir que cozinhasse carne de baleia para ele.

— Obrigada, senhor — ela disse, surpresa por não alimentar qualquer tipo de mal-estar com o homem. Ficou apenas aliviada pelo terreiro ter sido salvo.

Depois que ele partiu, ela perguntou à irmã Maria se podiam preparar um pequeno banquete para Iemanjá.

Antes mesmo de terminar de falar, a irmã Maria mandou Vitória para a cozinha. Enquanto Vitória picava uma pequena cebola branca, irmã Maria fervia milho. Misturaram a cebola e o milho com óleo de palma, serviram em um prato branco, e colocaram-no em uma cesta de vime.

Ambas trocaram as roupas que usavam por vestidos brancos e desceram a colina até a avenida principal, onde os bondes passavam. Atravessaram, desceram até à baía, e, onde a água beijou a margem, pousaram o cesto. A irmã Maria começou um ponto de Iemanjá.

— Obrigada — Vitória disse, empurrando a cesta para a água da baía.

Depois de um dia limpando janelas e bancos no terreiro, Vitória e a irmã Maria chegaram em casa e Baba Sule estava sentado em frente ao marido pálido da irmã Maria, que tinha um copo de cerveja na mão.

Vitória sabia o que significava a presença de Sule, e isso partiu seu coração. Ela tinha acabado de fazer algo importante. Provavelmente a coisa mais corajosa que já fez na vida e, sem mais nem menos, teria que deixá-la para trás. Ela queria correr porta afora, mas as pernas dela a levaram à sala de estar, onde se sentou calmamente e ouviu as palavras que saíam da boca de Sule.

— Tereza está pronta pra lhe receber. Temos agora de providenciar uma viagem com um adulto para Lagos.

— Esta menina é tão corajosa, que não precisa de acompanhante — a irmã Maria disse.

Embora a conversa parecesse estar acontecendo além da presença dela, ainda assim, essa era uma palavra que Vitória nunca tinha pensado que seria usada para a descrever.

— Sim, senhora — Sule disse. — Mas ela ainda é menor. Assim que encontrarmos essa pessoa, ela volta para a terra mãe.

Aos quase dezesseis anos, Vitória já não queria ser tratada como uma criança. "Yaya ficaria tão feliz", Tereza escreveu.

Vitória assentiu com a cabeça intuitivamente.

Irmã Maria interrogou os vizinhos da rua à procura de adultos que iam para Lagos. A resposta veio um mês depois. Foi tempo suficiente para Vitória participar da primeira cerimônia do terreiro reinaugurado. Ela estava muito feliz que eles estavam celebrando Iemanjá. Não soube como foi dançar em vestes azuis e brancas bonitas de Iemanjá, porque foi tomada completamente pelo orixá, mas, depois que saiu do transe, se sentiu melhor sobre viajar a Lagos e deixar Joaquim e o terreiro. Havia uma promessa de um futuro melhor. Assim, quando o sr. Rocha, um homem mais velho vestindo terno e gravata impecáveis, conhecido de Sule, apareceu na casa da irmã Maria confirmando que viajaria e poderia acompanhar Vitória, ela não reclamou. Eles marcaram de se encontrar no cais no dia seis de junho para partir à tarde.

Mas ela e Joaquim decidiram fazer as coisas do jeito deles, para variar.

Um dia antes da viagem, Vitória fez uma mala com as roupas dela, o jogo de costura de Yaya, o dinheiro que Yaya deixou para ela, a estátua de Iemanjá, o passaporte, e também *gari*, nozes-de-cola e amendoim que a irmã Maria tinha comprado para comer durante a viagem. Era fim da manhã e o sol estava suave, sombreado por nuvens que emprestavam a todo o lugar uma tristeza cinzenta.

Irmã Maria estava no jardim, lavando a roupa.

— Eu estou indo agora — Vitória disse. — Obrigada por tudo.

— Mas vou te levar até o navio — a irmã Maria disse, limpando a espuma das mãos. — Aliás, é hoje? Eu poderia jurar que era amanhã. Vou trocar de roupa.

— Sim, é hoje, dia cinco — Vitória disse às costas da irmã Maria.

— Tem certeza de que não quer que eu vá com você?

— Não quero que esse adeus seja triste.

Irmã Maria acompanhou-a até o lado de fora, onde o marido de Maria estava sorrindo, revelando dentes como os de um roedor. Mal se despediu de Vitória, apenas acenou para ela alegremente e voltou a conversar com os amigos.

Maria beijou a bochecha de Vitória.

— Cumprimente a terra-mãe por mim, Bela.

Ela colocou nas mãos de Vitória um pacote embrulhado em renda, que Vitória percebeu que era dinheiro.

— Yaya o deixou pra que você encontrasse sua irmã.

Vitória abriu o embrulho. Ela pegou metade do dinheiro e colocou nas mãos da irmã Maria antes de abraçá-la.

— Para o terreiro — ela disse.

Vitória então se dirigiu à casa de Yaya, pressionou as palmas das mãos contra o tijolo laranja e beijou seu frescor. Em seguida, foi até Sule, que orou e abençoou a jornada dela. Contornou a colina até as três casas da colina menor, lançando olhares furtivos por cima do ombro. A esta altura, o céu estava sombreado de roxo e laranja, com nuvens espessas. Bateu palmas à porta de Joaquim, com medo de que irmã Maria aparecesse atrás dela.

A mãe de Joaquim atendeu e deixou Vitória entrar.

— É o seu amor — a mulher disse, então riu nervosamente. — Sente-se, minha querida.

— Obrigada, tia — Vitória disse, sentando-se no assento forrado de renda.

Se ficasse na Bahia, aquele seria seu lar? Ela já sentia como se as paredes fossem desabar e esmagá-la. Tinha estatuetas em todas as superfícies planas.

Joaquim apareceu na sala. A mãe lhe disse alguma coisa, bagunçou os cabelos dele e os deixou a sós.

Joaquim a abraçou e ela sentiu o coração aquecer.

— Foi difícil escapar da Leoa Maria — Vitória disse.

— Maria não deixava seu próprio filho brincar conosco quando ele era menor, porque pensava que éramos muito mal educados.

Eles jantaram moqueca de peixe. Depois, Joaquim levou Vitória para fora da casa e eles subiram na laje, com o céu ainda um pouco claro, mas com nuvens espalhadas que permitiam espiar as estrelas. Joaquim tinha estendido um pano sobre os tijolos vermelhos da laje, onde eles se deitaram e olharam para cima. Vagalumes disparavam e Joaquim segurou a mão de Vitória e a apertou contra o próprio peito. Eles não disseram nada por um tempo, então se viraram para olhar um para o outro.

Ela ficou surpresa ao ver os olhos dele cheios de lágrimas.

— Sule me disse que não duraríamos muito, porque você tem que encontrar sua irmã gêmea, mas o triste seria nunca termos sido amigos.

Ela pressionou a testa contra a dele. Ela podia ouvir a respiração dele, um assobio baixo; ou era a dela? Os lábios dele tocaram os dela, e ela se apoiou nele com todo o seu peso. Ela não teve noção do próprio peso, e ele caiu de costas; ela pousou em cima dele. Eles riram, se beijaram e choraram até que o sono o levou primeiro, depois, a ela.

O som dos pássaros acordou Vitória e, no início, sentiu-se desorientada, com o ar soprando sobre ela, sem paredes que a cercassem, depois se deixou envolver pelos braços de Joaquim. Ele respirava suavemente, com as pálpebras tremulando. Sardas pontilhavam seu nariz. Era um menino lindo.

Lentamente, ela se desvencilhou do abraço dele e olhou em volta. A vizinhança era de um verde rico que cobria as diferentes colinas ao redor. Os pássaros desciam e subiam em voo, começando o dia. Este era o lugar de refúgio dela, assim como foi para muitos antes.

Joaquim se mexeu e abriu os olhos.

— Você dorme de olhos abertos — ele disse.

— Eu não — Vitória respondeu.

— Mas eu gosto. É como se você vigiasse o mundo enquanto dorme. É bonito. Vitória, essa foi a melhor noite que já tive.

— A minha também.

Após o café da manhã, Vitória abraçou a mãe de Joaquim e a agradeceu por deixá-la ficar.

Joaquim colocou o chapéu de palha, pegou o baú de Vitória e a levou até as docas.

O sr. Rocha já estava lá e entregou à Vitória a passagem dela. Ele cumprimentou Joaquim com um ar solene e distante, mas não disse nada, então, Vitória e Joaquim se afastaram dele, onde puderam dar as mãos sem serem vistos.

Quando o apito do navio soou, o sr. Rocha se virou imediatamente para eles e acenou com a cabeça. Eles se abraçaram firmemente e, quando Vitória saiu do abraço, sentiu um nó no estômago. Nervosa, ela seguiu o sr. Rocha até as escadas, segurando o corrimão, olhando firmemente para cima, cheia de arrependimento por não ter aprendido a nadar. Quando chegou no topo, acenou para Joaquim durante o que pareceu uma eternidade dolorosa. Queria estar do outro lado com ele. Eles poderiam viver com a mãe dele e quando ambos tivessem idade, se casariam... Era mais seguro do que o que estava esperando por ela do outro lado do mar.

Quando o navio finalmente zarpou, Joaquim acenou freneticamente e soprou beijos para ela. O sr. Rocha disse a Vitória que os quartos das mulheres eram no andar de baixo, à esquerda. Ela não o viu novamente até o dia em que o barco atracou em Lagos. Ela se perguntou se a irmã Maria tinha dado dinheiro a ele, mas veio a calhar ela ter sido deixada sozinha.

A água estava calma quando o barco passou pela pequena ilha de São Marcelo e ao redor de Itaparica e deixou a baía. Em seguida, as ondas começaram a bater contra os lados do navio, agitadas e irritadiças. Como ela demorou para descer aos dormitórios, acabou ficando com um pequeno leito que tinha que compartilhar com uma mulher sombria que já havia escolhido o beliche inferior.

Nos primeiros quatro dias, a barriga dela não parava de esvaziar. A mulher sombria não lhe deu o beliche inferior, então Vitória manteve ao lado dela na cama um balde de lixo, com um fedor que a deixava ainda mais doente. Ela tinha que encontrar forças para limpá-lo antes de dormir.

Quando, finalmente, ela se sentiu forte o suficiente, ela passou mais tempo no convés, onde o ar nítido escovava suas bochechas. Ela refletia sobre Joaquim e Maria, que eram negros como ela, mas tinham nascido do outro lado do oceano e nunca voltariam para ver a pátria. Ela também pensava em Yaya, cujos laços com a Bahia e Lagos tinham se mantido fortes. Se Yaya pudesse ter escolhido, ela teria preferido fazer a passagem em Lagos? Para onde foi o espírito dela? Os espíritos foram impedidos de voltar para suas terras pela água? Ou pessoas como ela os carregaram? Estas eram perguntas para as quais Vitória provavelmente nunca encontraria as respostas, então, em vez disso, ela se permitiu pensar sobre como encontraria Hassana.

A viagem de volta foi pior do que a de ida. Enquanto a que levou ela e Yaya durou pouco mais de três semanas, essa durou cerca de três meses.

Após diversas tempestades no mar, e pouco antes do navio se aproximar do continente africano, Vitória sentiu uma onda de tristeza. Não havia como voltar para Joaquim; e Yaya a deixara. Ela se sentiu tão sozinha que quase teve um acesso de raiva. O que ela fez de errado para ter uma vida sempre contaminada pela perda? Seu pai, sua mãe, irmãos, avó, Yaya, Joaquim. Todos que ela amou foram tirados dela. Não seria melhor não amar?

capítulo oito
HASSANA

Todo mês de agosto, os habitantes de Acra, o povo ga, ce-
lebravam o Homowo para marcar um momento na história
deles em que, após um longo período de fome, as chuvas
começaram. Era 1897. Na Casa das Tesouras, os diferentes
moradores e algumas tias de Amerley estavam se preparando
há semanas.

No dia principal de Homowo, Amerley e eu caminhávamos por Usshertown e Jamestown quando, ao nos aproximamos do palácio do rei ga, Amerley me disse para andar
mais rápido. No começo, pensei que ela tivesse visto John
Jr. e o estava evitando, mas quando olhei mais de perto vi
que havia muitos pares de pessoas semelhantes. Havia gêmeos por toda parte. Fiquei paralisada. Eu estava ao mesmo
tempo com inveja e triste por não poder estar na celebração quando pertencia a ela. Amerley murmurou desculpas
e tentou me afastar dali, mas era tarde demais. Andei ao
redor, olhando os gêmeos, a maioria vestidos de branco.

Alguns idênticos, outros não. Meu estômago doía. Eu encontraria algum dia minha irmã?

Lutar pelo oficial Osman tinha despertado uma energia que estava inerte em mim, e me tornei como um vulcão adormecido apenas começando a borbulhar. Eu o visitei com Hajia e vi como os pacientes, assim como ele, eram ignorados pela equipe de funcionários do manicômio. Tinha escrito a petição e agora estava esperando. Para preencher o tempo de espera, comecei a comprar ainda mais jornais. Depois de jantar com Hajia, saía com uma lanterna para ler. As reportagens nos jornais tinham migrado da expedição Britânica-Axante para as leis de território que ameaçavam tirar terras dos africanos para dar aos europeus. Além da proposta de grilagem de terras, as posições no governo que costumavam ser dos africanos estavam sendo dadas aos europeus. Eu não podia acreditar como tinha sido ingênua, apoiando a invasão de axante pelo exército britânico. Como gostaria de poder participar das reuniões da Sociedade de Proteção dos Direitos dos Nativos da Costa do Ouro, algumas das quais eram abertas ao público, mas eles se reuniam em Cape Coast. Eles eram ferozmente contrários aos negócios do governo. Felizmente, as mulheres em Acra também estavam começando a se organizar, e eu não ficaria de fora *daquelas* reuniões.

Quando os brasileiros começaram a voltar ao solo africano, em meados da década de 1830, o rei do povo ga, em sua hospitalidade, lhes ofereceu terras, e muitos as transformaram em fazendas de manga e caju. O pai de Amerley sempre dizia que, embora ele fosse um alfaiate, o coração dele vivia na terra. Eles me convidaram para um fim de semana na fazenda da família em Fanofa. Embarcamos em uma canoa perto da lagoa Korle e remamos até o rio Odaw, onde pescadores acenaram para nós, fazendo Amerley e eu rirmos. Depois de meia hora, descemos em uma planície aberta, onde havia apenas quatro casas. O sr. Nelson nos conduziu à casa mais afastada, sob um sol que nos agredia sem misericórdia. Eu mal podia esperar para estar dentro de casa.

Fomos saudados com o cheiro açucarado de mangas maduras penduradas nas muitas mangueiras e um caminho verdejante que levava a um grande sobrado. De lá, uma mulher saiu arrastando os pés com três crianças pequenas puxando a bainha de seu vestido. Amerley correu e se jogou nos braços da mulher, que lhe encheu de beijos. Radiante, Amerley virou-se e acenou para mim.

— Minha tia favorita, Adukoi — ela disse e falou com a tia em ga.

A primeira coisa que notei sobre a tia Adukoi foi como o cabelo dela era liso. Ela tinha a pele escura, mas com cabelos lisos como os de Rose e da sra. Ramseyer.

Nelson abraçou a irmã e entramos em uma casa decorada com móveis que pareciam ter sido passados por cinco gerações: eram pesados e mofados. Nelson rapidamente trocou o terno e a cartola que usava por uma camisa de algodão leve e calças, e depois foi ao campo.

Tia Adukoi não nos deixaria sair sem antes nos alimentar. Ela nos deu um prato do que eu conhecia como *koose*, mas

Amerley o chamou de acarajé, e pediu à sobrinha que contasse mais sobre mim.

— Pergunte a ela — ouvi Amerley dizer, então se virou para mim. — Vou traduzir pra vocês duas.

Ela se exaltou durante toda a minha história, depois apontou para duas das crianças. Um menino e uma menina.

— Meus gêmeos — disse. — Muito diferente, mas a mesma alma. Um chama, o outro segue.

— Eu tenho chamado — disse. — Não tenho certeza se ela está me ouvindo.

— Ela tem que estar pronta. Mas talvez deva chamar com mais força.

Era fácil falar. Eu chamava desde os meus dez anos. Estava em meu décimo sexto ano em torno do sol, e minha irmã ainda não tinha atendido ao chamado. Não era um sinal para eu viver minha própria vida?

Durante o jantar, tia Adukoi conversou animadamente com o irmão. Quando os olhos dela aumentaram e ela emitiu silvos, pedi a Amerley para traduzir o que diziam, enquanto me deliciava com o frango.

— Ela disse que alguns britânicos vieram — Amerley explicou. — Estão construindo uma estrada e a rainha deles permite que peguem o que precisarem. Tia Adukoi disse que ela os repreendeu e chutou-os da terra dela.

— *Bului!* — tia Adukoi gritou. "Tolos, todos eles", era o que dizia. Então, virou-se e sorriu para mim. — Mais sopa?

Tive que aceitar.

Bati no ombro de Amerley.

— Pergunte à sua tia se eles vieram com papéis.

— Sim, alguma coisa estava enrolada embaixo das axilas fedidas deles — tia Adukoi disse. — Como se algum papel fosse me fazer mudar de ideia. Essa terra é nossa. O rei ga deu a terra a nossos pais e avós.

A usurpação da terra já não era boato. Tinha começado.

Passamos o dia seguinte ajudando na fazenda, tirando as ervas daninhas, arando o solo e colhendo as mangas que a tia Adukoi enviaria para os mercados de Acra e até Cape Coast. Durante uma pausa, ela nos trouxe cabaças do *nmedaa* e massageou minhas costas enquanto oferecia uma terceira e uma quarta cabaça da bebida. Trouxe-me uma fruta alaranjada brilhante, gorda e prestes a explodir de tão madura. Mordi e o suco dela derramou pelas minhas bochechas, descendo pelo pescoço até minha blusa. Segundos depois, parecia que o líquido estava arrancando a vida da minha língua. Apertei o rosto e a sensação passou.

Perguntei a Amerley o que eu estava comendo, mas ela me ignorou.

— *Cajou* — a tia dela gritou.

— Suco de caju nunca sai das roupas — Amerley disse.

Naquela noite, em outra discussão animada, Amerley fechou a cara quando pedi para traduzir.

— Não é diferente de ontem — ela disse.

Mesmo que ela estivesse dizendo a verdade, eu tinha a sensação de que, por não estar acostumada a compartilhar o amor e a adoração da tia, ela estava emburrada com a atenção que tia Adukoi estava me dando.

Amerley só se iluminou quando voltamos para a Casa das Tesouras. Voltei para a casa de Hajia com uma cesta cheia de cajus e mangas.

Os jornais agora gritavam sobre a nova lei de terras que o governo colonial britânico e a rainha ameaçavam passar. Adquiri uma cópia da Portaria Pública, graças a Amerley, que por sua vez a recebeu do advogado Easterman (que ainda não tinha notícias de quando o oficial Osman seria liberado), e li da primeira folha até a última, balançando a cabeça em reprovação pela impunidade do governo colonial. Dizia: "O diretor de obras pode pegar qualquer material necessário de terras desocupadas sem compensar qualquer pessoa" e que o governador poderia declarar qualquer área aberta como terra desocupada. As multas que ameaçavam impor aos povos esquentaram tanto o ar no meu peito que, quando Amerley descobriu que as mulheres da Casa das Tesouras estavam em reunião, pedi permissão ao sr. Nelson e fui ao pátio para me juntar a elas.

Estavam reunidas algumas tias de Amerley, mulheres que viviam nos apartamentos em torno da Casa das Tesouras e muitas outras do bairro. Perguntaram quem escreveria a ata, e eu estiquei meu braço tão alto que senti meus ossos estalarem. Passaram-me uma folha de papel, um pote de tinta e uma caneta-tinteiro.

— Nossos chefes, líderes e população masculina em geral ficaram nervosos e desmoralizados — uma mulher começou, andando no pequeno espaço à disposição no pátio. — Estão com medo de falar o que pensam.

— Escapamos da escravidão no Brasil — outra disse. — E agora estamos sendo obrigadas a sofrer tudo de novo.

Apesar de estarmos reunidas porque tia Adukoi e outras pessoas como ela estavam lidando com as próprias terras sendo invadidas porque os britânicos estavam tomando o que chamavam de "terrenos baldios", eu gostei da energia flutuando ao redor. Eu estava em comunhão com aquelas mulheres: algumas, como eu, sabiam o que era pertencer a outro ser humano. O que os ingleses estavam fazendo não era certo. Eu estava protestando porque acreditava que devíamos ter controle sobre nós mesmas. A terra nos pertencia. Eu estava protestando por causa do oficial Osman e pela forma como eles o arruinaram e o mantinham prisioneiro no manicômio.

Dias depois, vestimos blusas e túnicas brancas e cobrimos nossas cabeças com lenços brancos. Assim, eles nos veriam. Estava animada e apavorada. As mulheres de Usshertown, Otublohum e todos os distritos de Ga se espalharam pelas ruas. Havíamos compilado nossas requisições e as deixaríamos com o governador.

Entoamos:

— Não, não, não à nova imposição. Nós não queremos. Nossos homens também não!

Subimos a High Street, passamos por Victoriaborg e paramos em frente a Christiansborg, onde ficavam os escritórios do governo. O sol brilhava alto sobre nossas cabeças e parecia estar trabalhando com o governo para nos afastar, mas permanecemos fortes, entoando as canções do povo de Amerley, gritando "não, não, não" e batendo palmas. Pareceu levar horas antes de recebermos uma resposta. Um homem saiu do portão do palácio e nos disse que nossas demandas seriam ouvidas.

Também existia alguma leveza. Amerley e eu participamos de todos os tipos de eventos, incluindo um chamado Big Entertainment, no qual mulheres cantavam e tocavam piano. Eu adorava cantar quando era mais jovem, mas não me sentia corajosa o suficiente para perseguir esse talento. Amerley e eu continuamos cantando "Come, Birdie, Come" por dias depois do evento, e ela me encorajou a preencher a inscrição para cantar no próximo Big Entertainment. Eu teria um ano inteiro para me preparar. Considerei a possibilidade, mas senti que não era para mim e decidi não fazer. Mas quando, uma semana depois, Amerley me contou sobre um concurso de redação para mulheres na Costa do Ouro, não hesitei. Minha versão mais jovem ficaria surpresa sobre como estava com medo dos holofotes. Quando Husseina e eu estávamos em Botu, cantávamos músicas de preces com nossa avó e um grupo de mulheres. Eu estava sempre na primeira fileira, com Husseina se escondendo atrás de mim. Ela tinha a voz melhor, mas eu não me importava – queria ser vista primeiro. E agora eu estava me esquivando dos holofotes, preferindo participar de um concurso no qual não seria vista por ninguém e apenas teria minhas palavras lidas.

Fiquei no quarto de Amerley, curvada sobre a mesa dela, e escrevi o ensaio de uma só vez. Ela leu, pegou um lápis, fez umas anotações e depois devolveu. Ela editou apenas algumas pontuações – que nunca foram meu forte.

Olhei para ela e ela estava sorrindo.

— Você sabe que vamos inscrever esse texto, certo?

— Vou reescrever e podemos enviar.

Ela insistiu em me acompanhar até o correio porque eu sempre mudava de ideia sobre o envio. Voltando do correio, na rua Williams, havia um ateliê ao ar livre com uma placa anunciando retratos. Lembrei-me das fotos que vi da sra. Ramseyer e família, e da fotografia da mãe de Amerley. Eu já tinha tirado fotos antes, na missão. Às vezes, o reverendo Ramseyer reunia todas as crianças para nos capturar com a câmera, mas eu nunca tinha visto uma única cópia. Se tivesse uma foto de Husseina comigo, provavelmente teria amenizado minha saudade e solidão. Envolvi o pulso de Amerley com minha mão e a arrastei para o estúdio. O homem, um sósia de John Lutterodt, nos fez sentar em frente a uma cortina florida e nos instruiu a usar expressões sérias como podíamos ver em outras fotos já fixadas na moldura. Ele ficou atrás de uma caixa montada em um tripé e cobriu a cabeça com um pano preto, dizendo-nos para ficarmos paradas. Ouvi um estalo e ele levantou o pano. Nós só tiramos uma foto – eu só podia pagar uma, e isso não era uma novidade para Amerley, então ela não se importou. Ele nos disse para voltar em duas semanas para pegar a fotografia. Parecia que o Natal estava chegando – eu mal podia esperar.

— Aquele era o tio de John Jr. — Amerley disse.

— O sangue é forte. Eles são parecidos.

— Ele é um fotógrafo famoso. Erick Lutterodt. Se você não tivesse me arrastado, eu teria evitado ir lá.

— Sinto muito — disse, sem perceber que o que eu considerava falta de entusiasmo era irritação da parte de Amerley. Fiquei um pouco chateada, mas logo me animei, pois teríamos uma foto nossa para a eternidade.

Duas semanas depois, Amerley e eu estávamos sentadas no pátio da Casa das Tesouras comendo um pedaço de banana-da-pradaria colhida da árvore atrás da casa de Hajia.

— Vou me casar com John Jr. — ela disse, com o mesmo tom que usaria para dizer que o céu é azul.

Uma dor surda tomou conta do meu estômago, e não entendi o motivo. Não seria eu quem me casaria com o homem.

— Por quê?

— Bem, uma das minhas tias e eu tivemos uma longa conversa, e ela está certa. Sou filha única do meu pai, e esta pode ser a única chance que tenho de me casar e formar uma boa família.

Eu esperava que a tia não fosse tia Adukoi. Ela parecia muito independente e sensata. Ela teve os filhos dela com dois homens diferentes e não foi casada com nenhum dos dois. Estar presa a alguém que você não gosta? Não via como isso poderia ser bom para uma pessoa. Alguns dos romances que li descreviam uma emoção profunda entre amantes. A palavra não poderia ser usada para descrever Amerley e John Jr. Um caroço de banana-da-pradaria ficou preso entre meus dentes e não saiu. Isso me irritou, mas eu precisava dissuadir Amerley de uma má ideia.

— Sobre o que vocês dois vão conversar? Ver vocês dois juntos é doloroso.

— Eu terei você.

— Não, não vai. Você vai morar com ele e eu vou ficar sozinha.

Enquanto dizia essas palavras, me perguntei se estava furiosa por ficar sozinha ou se estava genuinamente preocupada com Amerley. Eu me convenci de que era a última opção.

— Ele não é tão chato. Ele participa das corridas de cavalo; e você sabe que adoro isso.

— E quanto à escola?

— Isso não muda. Minha tia disse que ele é do tipo de família que é capaz de pagar pra que eu vá à Inglaterra pra aprender a ser uma dama. Você sabe como gosto de coisas finas. Isso não vai me impedir de estudar.

Não, não era tia Adukoi. Ela não poderia se importar menos em ser uma dama e com os modos europeus. Tinha que ser uma das tias que a obrigou a usar espartilhos.

— Você já é uma dama. E por que você quer ser europeia? E quanto a todos os nossos protestos contra os britânicos?

— Ir para a Inglaterra não vai me impedir de protestar contra o que estão fazendo conosco. Na verdade, isso me fará entendê-los melhor.

Embora a Inglaterra parecesse fascinante, parecia o momento errado para ir até lá. Amerley estava sendo inconsequente.

— Durma pensando nisso. O resto da sua vida com aquele chato?

— É tarde demais — Amerley disse. — O noivado será daqui a um mês.

— Sendo honesta, essa não é uma das suas decisões mais sábias.

Amerley não disse nada. O silêncio se tornou nodoso e pesado.

— Lamento se fui muito franca.

Ela não disse nada por mais um tempo, então se levantou, colocando as mãos nos quadris.

— Eu não posso ser como você. Minha família espera coisas de mim. Você não tem que prestar contas a ninguém e não entende.

— Eu entendo. Só acho que você está fazendo algo pra agradá-los e isso só vai acabar te machucando. Lute pelo que *você* quer.

— Não quero mais falar sobre isso. Você já decidiu não me entender e está me irritando. Nem todos podem fazer o que querem, sempre que quiserem, sem consequências. A maioria das pessoas tem alguém pra prestar contas.

Eu adoraria ter uma mãe ou tia para prestar contas. Não escolhi a forma como minha vida era. Não disse nada para Amerley. Simplesmente peguei minha bolsa e a casca manchada da banana-da-pradaria e saí do pátio.

Antes de ir embora, acenei ao sr. Nelson. Não queria contar a ele sobre nossa briga, mas ele estava sorrindo brilhantemente e mostrando uma folha de papel branca para mim. Peguei, agradeci e caminhei para longe da casa dele antes de abrir o envelope. Meu ensaio foi selecionado para o concurso. Eu teria que lê-lo para uma plateia, e os três primeiros seriam escolhidos por um painel de jurados e receberiam prêmios bonitos. Eu queria correr de volta e contar a Amerley, mas decidi endurecer meu coração e alma. Ela ia fazer algo em que não acreditava apenas pelo bom nome da família, e ainda me acusou de não ter raízes. Precisava de algum espaço longe dela.

Não falar com Amerley significava que, depois do trabalho, em vez de caminhar com ela enquanto fumava cigarros como de costume, passei a voltar direto para a casa de Hajia.

Naquela noite, depois que lavei a louça, Hajia estava sentada em um banquinho, com o olhar distante, fixo no céu. Perguntei-me se ela pensava no marido. Ela ficou tão grata pela forma como tínhamos escrito uma carta em interesse do oficial Osman que todo o temperamento dela em relação a mim mudou. Contei a ela sobre ter sido selecionada para o concurso e perguntei se poderia ler para ela.

— Alá te deu inteligência — ela disse, com o dente de ouro brilhando. O sorriso dela havia desaparecido há algum tempo, e desde então, não via aquele dente. — Mas, como se costuma dizer, alguns pássaros fogem da água, enquanto os patos procuram por ela. Alá deu a você uma boa cabeça e me deu dedos doces.

Tornou-se um ritual. À tarde, eu lia em voz alta para Hajia, que, embora mal falasse inglês, me dizia para levantar a cabeça mais alto e olhar as pessoas nos olhos. Ajudou muito. Eu tinha certeza de que, se ela tivesse a chance de aprender a ler e calcular, ela administraria muitos negócios na cidade.

Depois de praticarmos uma tarde, ela me perguntou quando foi a última vez que sonhei com Husseina. Eu nunca disse a ela sobre nossos sonhos. Perguntei como ela sabia.

— Muitos anos atrás, quando sua amiga Rose a deixou pra ficar comigo, ela me contou como ela achava que você precisava ficar triste pra continuar sonhando com sua irmã. Disse que, se sua vida fosse pacífica e sem dor, seu corpo ficaria confortável e sua alma preguiçosa. Você não faria o que fosse necessário pra encontrar sua irmã. É por isso que fui dura com você. Quando você vê a lua, também precisa ver sua estrela-guia. Tenho certeza de que você só me viu como a lua, mas Rose era a estrela-guia.

Agradeci e abracei a mulher que sempre foi minha aliada.

— Eu sonho com ela o tempo todo — disse. — E no dia em que briguei com Amerley, tive um dos sonhos dela. Ela foi novamente cercada por água e aquelas velas esvoaçantes. Estava se mudando pra algum lugar; eu só não sei pra onde.

— Entendo que você nem sempre quer ficar triste. Viver em constante tristeza não é uma boa maneira de usar o seu tempo nesta terra.

— E não sei se é verdade que preciso ficar triste pra ver os sonhos da minha irmã. Estou sempre pensando nela.

— Espero que você a encontre.

— Eu também, Hajia.

Fui à casa do sr. Nelson, mas não vi Amerley. As tias dela a mandavam comprar coisas o tempo todo. Fiquei triste por ter me afastado do marco importante da minha melhor amiga e também por ela não saber do concurso, mesmo que provavelmente não pudesse comparecer.

Dois dias antes do noivado de Amerley, um dia antes do concurso, Hajia me surpreendeu perguntando o que deveria vestir no noivado. Quando e como Amerley veio convidá-la? Ela tinha me evitado até aquele momento – e, admito, eu a ela –, mas de alguma forma foi até a casa de Hajia para contar sobre o noivado. Isso me enfureceu. Educadamente, disse a Hajia que ela deveria usar roupas bonitas porque as tias de Amerley podiam ser esnobes. Ela me perguntou o que eu vestiria e eu queria dizer a ela que eu não iria, que preferia usar meu lindo vestido para a leitura do meu ensaio.

— Ainda não decidi.

Naquela noite, estava agoniada mais uma vez sobre o dilema do noivado. Eu devia apoiar minha melhor amiga, disse a mim mesma, uma pessoa que me deu irmandade, risos e direção. Porém, novamente, ela não estava sendo verdadeira consigo mesma e aquela era uma decisão ruim. Depois de todas essas idas e vindas, eu me machuquei a tal ponto que dormi e sonhei com o concurso. Estava diante de um grupo de tias de Amerley me importunando, e as palavras se recusavam a deixar meus lábios. Fiquei tanto tempo sem dizer nada que alguém teve que me carregar para fora do palco. Acordei furiosa porque Amerley estava ocupando espaço em meus sonhos, mesmo sem estar fisicamente neles. Tudo girava em torno de Amerley. Um dia inteiro em que Amerley seria o centro das atenções seria insuportável.

Para minha leitura, Hajia estava majestosa em um lindo *agbada* branco e azul com um xale de renda branca para cobrir a cabeça.

— Nana Hajia Shetu, a primeira e única — eu disse, e fiz uma reverência, fingindo que me ajoelharia diante dela, como as pessoas fazem quando encontram um chefe.

— Palhaça! — Hajia disse, e seu sorriso brilhou.

Seus meninos usavam shorts e camisas bem engomadas. Eu usava um vestido que Amerley tinha me dado, apesar de não querer pensar nela ou ter a aura dela sobre mim. Era o vestido mais bonito que eu tinha. Hajia lançou um olhar avaliador sobre mim, foi até o quarto dela e voltou com um colar de contas amarelas e um frasco de *kohl*, que ela destampou e usou para delinear meus olhos. Então, segurou minhas bochechas e sorriu.

O local da competição não era como imaginei em meus sonhos. No sonho, sentávamos do lado de fora, mas, na vida real, preenchíamos um grande corredor com bancos enfileirados. O palco era uma pequena caixa alguns metros acima do solo sobre a qual estavam cinco cadeiras de madeira com estofamento floral. Ao lado do palco estava um grupo sombrio composto por dois homens e uma mulher. Hajia e a família se sentaram e fui até uma mulher de luvas brancas que segurava folhas de papel e estava próxima ao palco. Ela parecia estar no comando. Ao redor dela havia uma mulher mais velha e outra que parecia estar na casa dos vinte anos. Quando me aproximei dela e me apresentei, a mulher – definitivamente a responsável – passou um dedo pelo papel e, quando encontrou meu nome, olhou para mim com os olhos arregalados e jogou a cabeça para trás.

— Mas você é jovem! — ela exclamou.

Ela me disse para ficar ao lado dela enquanto esperávamos que outras duas pessoas se registrassem. Enquanto isso, a sala se encheu e meus nervos se esticaram de medo. Quando nos disseram para nos sentar em nossos assentos de estofados florais, eu tive que segurar a alça surpreendentemente dura da cadeira para acalmar os tremores.

Seria em ordem alfabética e eu era a última. Os outros discursos flutuaram sobre minha cabeça como nuvens, mas dei uma olhada ocasional para os juízes, o grupo sombrio que eu tinha visto. Nenhum sorriso apareceu nos rostos deles. Um discurso durou muito tempo, e uma garota estava tão nervosa que parecia que explodiria em lágrimas a qualquer minuto.

— A próxima ensaísta é Hassana Yero.

Levantei-me, limpei as palmas das mãos úmidas nos quadris e fui até a pequena caixa que era o palco.

— Bom dia — disse. Lembrei-me de que Amerley me disse que as pessoas adoram quando também são saudadas na língua delas, então cumprimentei em ga e depois em hauçá. — *Min nna nye! Sannunku da zuwa!*

Comecei:

— Aprendi a ler em uma cidade da floresta, depois que escapei do meu captor.

Narrei minha história de fuga e como fui educada apesar de tudo, e como minha educação me permitiu ser criativa, mesmo quando estava sem rumo. Falei sobre encontrar trabalho por conta própria e lutar para que um oficial do exército fosse melhor tratado. Concluí minha história declarando que a justiça ainda precisava ser feita para o oficial Osman.

Não soltei o ar até terminar, e me curvei diante dos aplausos, apesar do nervosismo que ainda corria por mim. Lentamente, uma emoção percorreu minhas veias, liberando estouros de alívio e euforia. Foi como aqueles dias em que abria a cena para minha avó, mas melhor. Em Botu, eu era simplesmente uma mensageira, regurgitando uma música que havia sido passada para mim; ali, eu era uma demiurga; juntei palavras, formei um significado, criei algo novo ao qual as pessoas estavam reagindo.

Enquanto os juízes decidiam o vencedor, houve um interlúdio musical por uma jovem tocando flauta – sem muito sucesso. Levei meu olhar ao público que estava transbordando para além do salão.

— Temos nossos vencedores — a juíza disse, levantando-se e batendo palmas. — Em terceiro lugar está Nancy Tamakloe. Uma salva de palmas.

Nancy foi quem demorou demais. Meu coração disparou. Eu realmente queria vencer.

— Em segundo lugar está Hassana Yero. A srta. Yero é nossa redatora mais jovem, então vamos encorajá-la com uma enorme salva de palmas.

O primeiro prêmio foi para a mulher mais velha. Achei a redação dela simples, mas, como Amerley gostava de me lembrar, neste nosso mundo a antiguidade era mais importante do que o talento. Não fiquei chateada por muito tempo, porque ganhei uma coleção de artigos de papelaria – uma caneta-tinteiro, um frasco de tinta verde Arnold e papéis – um presente bem-vindo, já que dependia de Amerley para ter meu material de escrita.

Hajia e a família vieram me dar os parabéns.

— Ah, sua mãe te alimentou com a cabeça da ave poupa — Hajia disse. — Você é brilhante demais!

Enquanto eu lutava contra a imagem de minha mãe me dando uma tigela com uma cabeça de pássaro, a mulher responsável esquivou-se de Hajia e pousou os dedos enluvados em meu ombro.

— Fiquei impressionada com sua redação e apresentação. Sou diretora da escola feminina Wesleyana. Você gostaria de ensinar algumas meninas? Sei que seria uma inspiração para elas ver alguém tão jovem e brilhante como você.

— Tenho um emprego — disse, antes que pudesse me conter.

— Ah, desculpe — ela disse. — Não deveria ter presumido. Eu vou pra Cape Coast no domingo, depois de amanhã, então podemos discutir isso amanhã? Talvez eu possa convencê-la a considerar minha oferta.

Ela desenhou um mapa de como localizá-la em uma das folhas que carregava.

No dia seguinte, Hajia se vestiu para ir ao noivado de Amerley e eu disse que me juntaria a ela depois da minha reunião. Subi a estrada Horse e fui para Victoriaborg, que ficava na direção oposta à festa de noivado de Amerley. Cheguei em uma casa branca de dois andares que ficava em um amplo complexo, com uma varanda ao redor do segundo andar e árvores enormes. Quando bati no portão, dei início a latidos frenéticos. O som da besta atrás do portão gotejava sangue.

Uma garota da minha idade atendeu o portão e me deixou entrar.

— Shiii, *layday* — ela disse, apontando o dedo para o cachorro marrom e branco. Fiquei aliviada ao vê-lo amarrado a uma das palmeiras da entrada. A pronúncia da garota de "lady" me divertiu e acalmou.

Ela me conduziu até a sala de estar, arejada, com pé direito alto e janelas que se alimentavam de uma leve brisa. A garota subiu uma escada e voltou seguida pela diretora, parecendo mais relaxada do que a última vez que a vi. Ela usava um longo vestido branco e seu cabelo estava preso em um coque. Os dedos dela estavam sem luvas.

— Obrigada por ser pontual — ela disse.

Ela me disse que o trabalho envolveria o ensino de inglês para meninas em idade escolar no colégio dela. Também ficaria encarregada da pensão, garantindo que as meninas cumprissem as regras e defendessem os valores cristãos em todos os momentos do dia.

— Você terá que deixar Acra — ela concluiu. — A escola fica em Cape Coast.

Senti minha barriga murchar, como se fosse uma bola prendendo a respiração. Cape Coast não estava nos meus planos. Mas talvez houvesse uma razão para isso entrar em minha vida. Seria uma chance de fazer parte de movimentos emocionantes como o Mulheres Nativas de Cape Coast e a Sociedade de Proteção dos Direitos dos Nativos da Costa do Ouro. Anotei o endereço dela, agradeci e prometi escrever a ela com uma resposta.

Ela me pediu que eu ficasse para jantar. Pensei no noivado de Amerley, mas aceitei o convite.

Quando voltei para a casa de Hajia, ela me repreendeu balançando a cabeça coberta por um véu branco.

— Mesmo que vocês não estejam se falando, você não deveria ter feito o que fez! Nesta vida é normal ter desentendimentos, mas não é motivo pra decepcionar sua amiga.

Explicar-me a Hajia me faria parecer mesquinha, então não disse nada.

— Você sabia que ela foi ao seu concurso?

— Eu não a vi!

— Ela saiu mais cedo pra se preparar para o noivado.

Meus braços caíram moles ao lado do corpo. A vergonha não era uma emoção agradável. A vergonha era uma dança entre o orgulho e o arrependimento, que salta da raiva para a tristeza, e depois para o medo e te deixa completamente confusa.

— Em todo caso, estou indo pra Cape Coast — deixei escapar.

Era a vergonha falando.

— Bem, espero que você faça bons amigos lá — Hajia disse, tirando o véu.

Em um momento de emoção, tomei uma decisão que precisava de tempo para amadurecer, para ser considerada. Mas saiu da minha boca e não havia como voltar atrás. Dormi mal naquela noite.

Corremos pelos poços de água. As meninas nos animam. Estou muito à frente dela, até que lentamente ela assume a liderança e, não importa o quão rápido eu corra, eu não a alcanço.

Acordei confusa. Senti-me imediatamente fora do corpo e, no entanto, fortemente puxada para Husseina. Ela estava me contando algo sobre me mudar para Cape Coast? Ir para lá me afastaria ainda mais de Husseina? Meu cérebro parecia estar pegando fogo. Decidi me desculpar com Amerley, contar ao sr. Nelson sobre minha oferta de emprego e depois começar os preparativos para minha mudança.

Um olhar triste cruzou o rosto do sr. Nelson quando contei a ele. Ele me agradeceu pelo meu trabalho e sorriu.

— Vou mostrar como tudo está organizado — disse, então perguntei se Amerley estava em casa.

— Sentimos sua falta no noivado. Ela está lá em cima.

Minhas pernas ficaram pesadas quando atravessei o pátio e subi as escadas. Como poderia expressar o quão detestável eu fui? Bati debilmente na porta e ela abriu. Ela não disse nada, mas não fechou a porta na minha cara. Tinha roupas espalhadas por todo o piso de madeira.

— Seu discurso foi excelente — ela disse. — Você deveria ter vencido.

— Obrigada — eu disse, sem saber se era a hora certa para trazer à tona o noivado dela ou se um assunto menos volátil era necessário. "Pergunte sobre John Jr.", disse minha mente. Mas isso seria muito explosivo. Então, disse:

— Aceitei um cargo de professora em Cape Coast.

Ela me olhou com os olhos arregalados e começou a pegar as roupas do chão.

— Quando você vai?

— No final do ano.

— Ainda nos dá um mês pra lutar pelo oficial Osman.

Eu pulei para cima dela e a abracei.

— Desculpe, eu fui egoísta. Deveria estar lá pra apoiá-la, não importa o que aconteça.

— Bem, é melhor você não perder meu casamento.

— Como foi o noivado? — Finalmente tive coragem de perguntar.

— Não vou te dizer.

— Por favor!

— Não. Venha ao casamento.

Amerley e eu nos sentamos do lado de fora do escritório sempre ocupado do advogado Easterman, observando os clientes dele entrando e saindo. Não tínhamos marcado uma reunião, então a secretária dele disse que teríamos que esperar por uma vaga disponível. Sentamos no banco do lado de fora do escritório sob uma árvore que tinha mais folhas sobre as raízes do que nos galhos. Passamos o tempo adivinhando o que as pessoas fizeram para precisar dos serviços do advogado.

— Aquele roubou a cabra de alguém — Amerley disse.

— Aquele teve uma grande briga com a esposa e ela deu um tapa nele tão forte que ele não consegue mais ouvir — eu disse; o homem manteve sua mão na bochecha o tempo todo.

— Ele quer que a esposa aprenda uma lição.

Acabamos rindo tanto que a secretária saiu da sua mesa e veio nos dizer para falarmos baixo.

Quando finalmente pôde nos receber, o advogado Easterman nos conduziu ao escritório dele com uma calorosa saudação.

— Como está meu bom amigo sr. Nelson? — o advogado perguntou, tirando os óculos. — E desculpas por não ir ao noivado. Lutar contra essas leis de terra me faz trabalhar o tempo todo.

— Nós entendemos — Amerley disse.

— Agora, seu caso — o advogado Easterman disse, com a pele abaixo dos olhos enrugada pelo abatimento. — Temo que não tenha andado. O governador queria que alguns dos internados fossem liberados, mas as questões da legislação fundiária têm prioridade. Você sabe o que eu quero dizer...

— Sim — Amerley e eu dissemos em coro.

— Deve haver algo que possamos fazer — eu disse. — Devo escrever outra petição?

— Não há nada que te impeça, mas pode nem mesmo ser lida. Lamento não ter notícias melhores.

Amerley segurou minha mão por todo o caminho até a casa de Hajia, onde nos sentamos nas esteiras da sala de estar, e me vi com as palavras presas na garganta. Amerley contou a ela as más notícias.

Algumas semanas depois, coloquei meus livros e roupas em um baú me sentindo mal por deixar Hajia sozinha – o oficial Osman ainda estava no manicômio. Hajia providenciou para que um jovem do *zongo* carregasse meu baú até o cais perto do Forte James, onde os navios a vapor haviam ancorado. Enquanto acenava um adeus para ela e Amerley, pensei em Jane Eyre chegando em Thornfield Hall e me perguntei que aventuras me esperavam no outro lado da minha jornada.

capítulo nove
VITÓRIA

Vitória perdeu na viagem o peso que o Brasil tinha colado no corpo dela com suas moquecas e feijoadas. Atendendo aos desejos finais de Yaya, Tereza vendeu a casa dela e comprou uma nova, menor que a casa antiga, mas também uma *ile petesi*, com dois andares.

Na primeira semana depois que chegou a Lagos, Tereza deixou Vitória dormir. Ela disse que sabia como viajar em um navio sugava a vida de uma pessoa. Na segunda semana, Tereza disse a Vitória que os clientes de Yaya ficariam exultantes ao saber que a filha dela estava de volta e era uma costureira tão boa quanto ela. Na terceira, ficou claro que Vitória não queria fazer nada além de ficar na cama. Ela se envolveu em autopiedade e perguntou a Tereza se Yaya a teria rejeitado se ela não fosse filha de Iemanjá. Tereza disse que, se não fosse por Iemanjá, ela sequer teria entrado na casa de Yaya, para começar, então não foi Yaya quem decidiu nada. Foi Iemanjá o tempo todo.

Vitória estava tão envolvida na própria tristeza por ter deixado a Bahia e perdido Yaya, que a única coisa que a tiraria dali seria um choque. Tereza anunciou que ela iria para a Costa do Ouro vender miçangas, tecido e sandálias do Brasil, então Vitória teria que ficar com a dona Santos. Vitória implorou que ela não fosse e prometeu que iria procurar os antigos clientes de Yaya. Ela até tinha dinheiro suficiente para viver alguns meses. Tereza concordou em ficar dois meses, depois partiu para a Costa do Ouro. Manteve contato por cartas que enviou através da dona Santos.

7 de janeiro de 1898

Cara Vitória,

Foi bom receber sua carta e saber que a dona Santos tem a amabilidade de ler e escrever em seu nome. Desta vez, estou escrevendo porque tenho uma sugestão para você. Em minhas viagens pela Costa do Ouro, conheci muitas pessoas que estão interessadas em manter vivas nossas tradições e fé, mas estão lutando para criar seus terreiros. Como filha de Iemanjá e de Yaya, você é duplamente abençoada para vir ajudá-los a estabelecer um terreiro aqui. A notícia do seu trabalho na Bahia se espalhou pela comunidade e você será tratada como uma rainha. Por favor, traga mais contas minhas com você. Mande um abraço à dona Santos. Espero que você possa chegar aqui o mais rápido possível. Meu endereço está no mapa abaixo.

Saudações,
Tereza

Dona Santos terminou de ler, dobrou a carta como veio e colocou de volta no envelope.

— Você tem uma grande decisão a tomar, querida Vitória — ela disse.

Yaya ficaria orgulhosa se Vitória fosse, e, quanto a Iemanjá, o espírito dela era nutridor, então Vitória tinha certeza de que a deusa a protegeria o tempo todo. Ela estava de volta da Bahia há pouco mais de quatro meses e tinha conseguido alguns clientes, a maioria amigos da dona Santos que gostavam da costura brasileira, o que lhe permitiu ganhar dinheiro para aumentar o pé-de-meia que Yaya havia deixado para ela. Quando não estava costurando, ela comparecia às giras do Candomblé na casa de dona Santos. Em Lagos, ela ainda era vista como a filha de Yaya e não tinha recebido um grande papel no terreiro. Se ela fosse bem-sucedida na Costa do Ouro, isso poderia ecoar em Lagos e as mães mais velhas permitiriam que ela fizesse mais no terreiro.

— Eu vou — Vitória disse à dona Santos.

Dois meses depois, Vitória pegou um navio a vapor para a Costa do Ouro. Costurou muitas roupas para economizar dinheiro para a viagem. A viagem, embora curta, foi agitada e esgotou Vitória a tal ponto que, quando chegou ao porto de Jamestown, não teve energia nem para erguer a mala e precisou pagar a um menino para carregá-la. O endereço de Tereza era fácil de encontrar, e quando Vitória chegou lá, dormiu pelo que pareceram dias, se recuperando da viagem. Os aposentos de Tereza em Acra consistiam em um cômodo úmido com paredes revestidas de um marrom medonho.

— Vou fazer o que for preciso e voltar pra Lagos —Vitória disse ao acordar. — Este lugar... — Ela apontou para as paredes.

— É porque fica perto do mar — Tereza disse, tossindo.

— Em Lagos também vivemos perto do mar, mas não é tão ruim.

Depois de se banharem e se vestirem, Tereza a conduziu por ruas sinuosas, em sua maioria com pequenas casas. Algumas ruas eram mais largas que as de Lagos, mas não havia construções impressionantes como as da Bahia. O cheiro de peixe defumado estava em todo lugar. Chegaram a uma casinha térrea e entraram. Com exceção de alguns bancos e de dois atabaques no canto, estava vazia, sem nenhuma decoração nas paredes. Essas pessoas realmente se esqueceram que o terreiro deve ser atraente, tanto para os orixás quanto para os fiéis. Vitória não tinha percebido que eles não tinham nada no lugar. Pensou que os ensinaria o uso das folhas sagradas (que carregava em grande quantidade no baú), daria sugestões sobre como manter o terreiro aberto, e, então, iria embora.

Ela espirrou alto, e uma mulher na casa dos cinquenta anos foi ter com elas. Vitória ficou pasma: a mulher e a irmã Maria poderiam ser irmãs.

—Ah! — ela exclamou. — Essa deve ser a milagreira. Eu não posso acreditar que as filhas de Yaya Silvina estão aqui em carne e osso. Oh, sim, estamos em boas mãos. E tu és tão bonita. Bela.

Tereza apresentou a mulher como Mãe Ribeiro.

Ela abraçou Vitória e disse:

— Que bom que você veio. Sinto a chamada pra fazer este trabalho, mas a vida continua me levando em caminhos diferentes. Ainda ontem, meu pai caiu e sou a única que ele deixará cuidar dele.

— Quando você quer começar as cerimônias? — Vitória perguntou, esperando que a expressão em seu rosto não a traísse, mostrando quanto trabalho precisava ser feito. A excitação começou a se infiltrar em seu peito; finalmente podia mostrar do que era capaz. Yaya a ensinou bem. — O que você tem?

— Os atabaques. Os instrumentos musicais.

Vitória precisava encontrar um mercado o quanto antes. Tecido faria um mundo de diferença. Tanto para cobrir as paredes, quanto para fazer roupas para os orixás.

— Onde fica o mercado mais próximo?

— Tereza, você pode levá-la? Depois do *zongo* tem um bom mercado. Noz-de-cola, galinha-d'angola, cabras; o que quiser, você pode encontrar lá.

— E material?

— Você pode conseguir um bom tecido lá. Pra tecidos europeus, experimente a Missão Basileia. Mas nosso orçamento é pequeno.

Vitória ficou triste ao ver que dinheiro sempre foi um problema para a comunidade. Ela pedia a Tereza que doasse alguns trocados e ela também investiria parte do próprio dinheiro.

Depois da terceira noite no quarto de solteiro, Vitória disse a Tereza que queria um quarto melhor.

— Sofra agora, economize dinheiro pra depois. Você não vai ficar aqui por muito tempo.

— Não consigo respirar. Deve haver algum lugar melhor.

— Yaya não construiu tudo o que fez sendo extravagante. Lembra da casa dela na Bahia?

Vitória estava emocionada com o trabalho que estava fazendo para colocar o terreiro em marcha, mas, no final do dia, voltar para aquele quarto estava a desanimando. "Iemanjá", ela orou, "apenas me leve onde eu deveria estar."

Durante a semana seguinte, ela e Tereza passaram bastante tempo fora de casa, visitando o mercado do *zongo*, onde ela conseguia se virar em hauçá. O coração dela se enchia de orgulho sempre que conseguia negociar como Yaya fazia.

Qualquer que fosse o preço que o vendedor falava, ela o dividia em oito e começava a partir do oitavo do valor.

— Você é perversa — um homem que vendia búzios disse, e ela sorriu.

Comprou chita branca e renda para fazer cortinas e blusas simples. Encontrou uma mulher andando com uma musselina brilhante, e com ela comprou um arco-íris de cores. Dessa forma, cada orixá poderia ser devidamente celebrado. Comprou plantas – palmeiras anãs, hortelã e dracena listrada – e vasos. Tereza conseguia vender suas contas para os transeuntes, então ficava feliz em acompanhar Vitória por toda parte.

Mas, à noite, quando faziam as refeições naquele quartinho, Vitória procurava não se ressentir de Tereza, que ela considerava ter um gosto mais aprimorado.

Vitória colocou os vasos e plantas nos cantos do terreiro. Os orixás prosperavam na natureza. O ideal seria estar em uma floresta, mas em cidades como Acra e Lagos não havia escolha a não ser trabalhar em casas como essas.

Ela tinha que começar a costurar. Viajou com pouca bagagem, com um pequeno jogo de costura, mas para fazer saias, blusas, cortinas e tapeçaria, uma máquina aceleraria as coisas.

— Mãe Ribeiro — ela disse, enfiando a cabeça para fora da porta que dava para o pátio atrás do terreiro. Estava vazio, com o chão coberto de areia recentemente varrida.

— Papa, beba tudo — Mãe Ribeiro dizia ao pai, grisalho e sentado na varanda do pátio, cabaça nas mãos. — Sim, Bela?

— Gostaria de costurar algumas coisas. Você tem uma máquina?

— Eu? — Ela riu e bateu na coxa. — Não. Mas há um lugar chamado Casa das Tesouras. As pessoas também o chamam de navio. É verde e amarelo. Todo mundo por aqui conhece. Vá lá e pergunte pelo sr. Nelson. Ele é um homem adorável; mais gentil do que aquelas mulheres que se autodenominam costureiras. Tenho certeza de que ele vai deixar você trabalhar na máquina dele. Ele nem mesmo vai pegar no seu dinheiro, mas ofereça do mesmo jeito.

Vitória acomodou os tecidos dobrados em uma cesta e saiu do terreiro com Mãe Ribeiro, que parou na porta.

— Vá para a esquerda aqui e continue subindo — Mãe Ribeiro disse. — Deve estar à direita. Mas pergunte por *Shipemli* se você se perder.

Mãe Ribeiro esquecia que Vitória só falava português, iorubá e hauçá. Ela precisava de inglês e ga. Vitória encontrou a casa facilmente, então as preocupações dela eram infundadas. Passou pela porta sob a placa na qual deveria estar escrito "Casa das Tesouras". Já tinha estado ali antes, sentiu. O lugar arrepiou a pele dos braços. Dentro, havia uma escrivaninha e uma prateleira cheia de roupas em cabides. Ninguém estava atrás da mesa. Na parede, a fotografia de uma baiana e Vitória sentiu um aperto no coração. Ela voltaria à Bahia?

A porta se abriu por trás dela e ela congelou. Era como olhar o próprio rosto. Era como se tivesse acabado de acordar. Ou como se um balde de água tivesse espirrado no rosto dela. Como se estivesse sonâmbula, flutuou até a pessoa, estendeu a mão e tocou o rosto diante dela, para verificar se estava acordada ou aquilo era um sonho. A pessoa à sua frente ficou com os braços ao lado do corpo, os lábios bem abertos, e também estendeu a mão para ela.

— Hassana — Vitória finalmente suspirou e se derreteu nos braços da irmã.

Ela se sentiu ao mesmo tempo em casa e fora dela. Estranho, mas como se isso fosse a coisa mais normal. Um caroço se formou na garganta dela e não iria embora. Elas se abraçaram e só se soltaram quando um homem pigarreou.

Hassana falou com ele em um inglês rápido.

Os olhos dele se apertaram, saiu de trás da mesa e abraçou as duas.

— Inglês? — Hassana perguntou.

Vitória balançou a cabeça.

— Português — ela disse.

— *Incrível* — disse o homem, que devia ser o sr. Nelson, em português.

Hassana era mais gorda que a irmã, a pele era mais vermelha do que marrom. Usava o cabelo amarrado em um coque. Esses foram os detalhes em que Vitória se embebeu ao observar a irmã. Ela imaginou que Hassana visse nela uma versão mais esguia de si mesma, com pele marrom e cabelo repartido em duas trancinhas. Duas peças de um todo.

Vitória pegou as mãos de Hassana e as estudou, incrédula por esse dia ter chegado – ela realmente não acreditava que fosse possível. No fundo, ela tinha certeza de que havia perdido Hassana, e talvez seja por isso que ela sempre olhou para o futuro, e não para o passado. Estava de volta a Lagos havia apenas seis meses e já tinha encontrado sua irmã. Parecia um milagre. Ela não largava as mãos da irmã.

— Vim de Cape Coast para o casamento da minha amiga — Hassana disse, quebrando o transe em que Vitória havia se envolvido. — Não acredito que você está aqui. *Que esta é você* — ela falou em gurma, mas não soou certo.

Hassana perguntou algo ao homem, e ele acenou com a cabeça e apontou para trás.

Vitória se deixou conduzir para fora da sala, passando por um pátio cercado por outros edifícios, depois escada acima e, então, entraram em um quarto com vista para o mar.

— Há quanto tempo você está aqui? — Hassana perguntou.

Vitória encontrou as palavras abafadas tão profundamente pelo choque e surpresa que elas escolheram ficar presas. Teve que limpar a garganta para continuar.

— Quase duas semanas — ela disse.

Gurma era uma língua que ela não falava há anos. Como elas conversariam entre si da maneira mais confortável? As línguas que vinham com facilidade para Vitória eram o português, o iorubá e o hauçá, graças a Sule. Gurma era uma canção distante nos ouvidos dela. Ela tinha certeza de que Hassana falava inglês e talvez português, visto que ela estava em uma comunidade de brasileiros, mas seria muito estranho conversarem em uma língua que não era a delas, que havia sido formada tão longe de casa.

A irmã se sentou na cama como se fosse o próprio quarto, empurrou para o lado a bagunça de roupas e deu um tapinha no espaço ao lado dela.

— Você vai ficar aqui? — Vitória perguntou em hauçá. Elas alternavam entre gurma e hauçá, como faziam quando as caravanas chegaram a Botu.

— Não. Estava comprando um vestido do sr. Nelson. A filha dele, minha amiga, vai se casar. Este é o quarto dela.

Vitória realmente se sentia como se estivesse se olhando no espelho. A última vez que se viram, Hassana gritou até ficar rouca. Tinham dez anos. Sete anos se passaram. Havia muitas perguntas, mas ficaram em silêncio, uma tocando a bochecha da outra. Tinham que revelar como se encontraram. A fragrância irresistível de jasmim entupiu o nariz de Vitória.

— Você esteve no Brasil? — Hassana perguntou.

Vitória assentiu. As palavras realmente eram uma confusão. As emoções as amarravam em nós por toda a barriga.

— Eu sonhei.

— Eu sei — Vitória disse.

Hassana falou rapidamente sobre como havia sido sua jornada. Ela tinha o dom da linguagem e falava de forma bela, mesmo misturando línguas. A voz dela era uma canção. Vitória também compartilhou um pouco da própria história. Quando o sol começou a colorir o céu em tons de roxo e laranja, Vitória percebeu que estava ficando tarde e disse a Hassana que não conhecia Acra muito bem.

— Eu vou voltar com você. Você vai comigo ao casamento amanhã? — Hassana perguntou.

Vitória assentiu.

— Tenho de pedir ao sr. Nelson pra usar a sua... — Ela não sabia a palavra para "máquina" em hauçá ou gurma, por isso disse em português e imitou o movimento circular da roda.

— Ele é como um pai pra mim. Não vai dizer não. Venha.

Vitória pegou sua cesta e seguiu Hassana até embaixo. Hassana começou a falar e Vitória interrompeu. Ela poderia dizer melhor ao homem o que precisava.

— Pai — ela disse. — Estou fazendo cortinas, algumas blusas e saias. — Ela foi cautelosa em dizer que era para cerimônias do Candomblé, porque sabia muito bem que as pessoas que eram católicas ferrenhas os condenavam.

— Você é bem-vinda aqui sempre que quiser.

Vitória estava planejando voltar ao terreiro e de lá ir para o apartamento de Tereza, mas quando explicou onde Tereza estava hospedada, Hassana conhecia um caminho mais rápido.

Elas entrelaçaram os braços e deixaram a Casa das Tesouras, caminhando em direção ao mar acinzentado.

— Você estava do outro lado disso — Hassana disse, estendendo os cinco dedos para o mar. — Isso estava nos separando.

— Mas também nos uniu novamente — Vitória disse. O mar era domínio de Iemanjá e, embora fosse verdade que o mar podia ser destrutivo, também era uma fonte de abundância.

— Se ao menos Aminah estivesse aqui conosco — Hassana disse.

Um soluço ficou preso na garganta de Vitória, ela parou e cobriu a boca. Uma onda de alegria, tristeza e pura euforia tomou conta dela. Permanecia incrédula por estar no mesmo lugar que a irmã.

Hassana a abraçou e, depois que Vitória se recompôs, caminharam até a casa de Tereza.

— Como eu gostaria que você pudesse ficar aqui comigo! — Vitória disse. — Mas é pequeno, desconfortável e cheira a roupas íntimas sujas. E a Tereza ocupa muito espaço.

Hassana riu.

— E eu gostaria que você pudesse voltar comigo, mas eu divido um quarto com milheto. Depois do casamento de amanhã, vamos conseguir um lugar.

— Sente-se um pouco comigo — Vitória disse, acomodando-se na varanda em frente à porta de Tereza. Se Tereza estivesse em casa, a porta estaria entreaberta.

— Embora eu tenha dito a Hajia, a mulher com quem moro, que não demoraria muito, não consigo me afastar.

Hassana se sentou e deitou a cabeça no ombro de Vitória. O corpo dela estava quente e exalava cheiro de talco. Quando meninas, Vitória costumava colocar a cabeça no ombro de Hassana.

— Hajia é boa pra você? — Vitória perguntou.

— Ela é a coisa mais próxima de casa que eu já tive todos esses anos. O *tuo* dela é quase tão bom quanto o de Na.

— *Tuo!* — Vitória disse. — Não penso em *tuo* há muito tempo. Daria qualquer coisa pra ter uma tigela de quiabo seco e *tuo* de Na, apenas pra que escorresse pelos meus braços. Você sempre roubava meu último pedaço de carne.

— Prometo dar a você todos os meus últimos pedaços de carne a partir de agora — Hassana disse. — Tenho certeza de que Hajia ficaria mais do que satisfeita em cozinhar pra você. E você? Quem foi a melhor pessoa que você conheceu?

Vitória contou a ela como Yaya a salvou de Baba Kaseko, e Hassana compartilhou suas histórias de Wofa Sarpong.

Um homem passou, tocando uma campainha e carregando uma carga de inhames na cabeça.

— Você já se perguntou o que aconteceu com Botu? Com as pessoas que deixamos pra trás? — Hassana perguntou.

— Pra falar a verdade, eu tinha medo de pensar até em você. Não sei se teria sobrevivido se pensasse em nossa casa e em todos que perdemos.

— Às vezes, eu queria refazer meus passos pra cortar a garganta das pessoas que nos sequestraram, venderam e compraram.

Vitória riu.

— Você não mudou.

Porém, quando Hassana falou sobre dar aulas em Cape Coast e Vitória observou a irmã, percebeu que as palavras que Hassana escolheu, o jeito que gesticulou, falando com os dedos, como se estivesse pegando pedaços invisíveis de ar... tudo aquilo era novo. O rosto que olhou era tão familiar que parecia que não haviam passado nenhum tempo separadas, mas algumas coisas mudaram.

— Estou muito feliz — Hassana disse, olhando para Vitória. — Você acredita que nos encontramos?

Vitória balançou a cabeça.

Elas conversaram mais um pouco, se mantiveram unidas e viram a lua subir mais alto no céu. Foi só quando Tereza chegou que Hassana disse que não percebeu as horas que haviam passado.

Tereza apertou a boca e ficou paralisada.

— Hassana, Tereza. Tereza, Hassana, minha irmã gêmea.

Tereza abraçou Hassana como se fosse uma velha amiga, depois bateu palmas e dançou.

— Agora Yaya pode descansar em paz — disse após soltar Hassana.

— Tereza deve ir ao casamento também — Hassana disse. — Estou triste por deixá-la, mas devo ir. Nos encontraremos de manhã.

Vitória se levantou e envolveu Hassana com os braços.

Mais tarde, Vitória saiu do quarto mofado e se sentou na varanda, enquanto Tereza dormia. Finalmente ela deixou as emoções, em seu arco-íris de cores, inundá-la. Ali estava ela, pensando que apenas terminaria de ajudar no terreiro e voltaria para Lagos. Para a irmã ela era Husseina, não Vitória. Husseina teve uma vida inteira antes desta. Cada vez que ela enxugava as lágrimas, mais lágrimas jorravam. Ela achava que quando relembrasse do tempo que tinha uma família, o que raramente fazia, teria uma sensação peculiar, mas não esperava uma tristeza tão profunda.

Ela deixou uma memória reprimida emergir: a primeira vez que as irmãs dormiram separadas. Todos esses anos, Vitória culpou este dia por tudo o que aconteceu depois. O pai dela havia desaparecido e a madrasta foi atrás de um pretendente para a irmã mais velha. Elas sempre dormiram com a mãe, mas quando souberam que ela estava grávida de outro filho, foram morar com a avó, que contava histórias para elas e depois adormecia. Os roncos dela eram mais altos do que o rugido de um leão. Naquela época, os sonhos das duas eram muito semelhantes. Elas podiam terminar as frases uma da outra ao descrever as histórias noturnas. Do nada, Hassana decidiu que não ia mais dormir com a avó, e disse que Vitória dormia de olhos abertos e a assustava. Hassana foi morar com Aminah. A primeira separação delas. Naquela noite, Vitória teve um sonho que paralisou seus membros e a manteve em um mundo aureolado com o azul mais profundo do céu, onde os rios corriam com a força dos cascos dos cavalos e o som de um tambor ecoava por dias. Tudo ficou intenso. Ela caiu em um buraco e circulou para baixo em uma espiral sem fim. Ela estava sendo puxada para baixo, dentro daquele vórtice, quando Hassana veio e a arrastou para fora da cabana. Poucos minutos depois, a vida acordada tornou-se morte também. Cavaleiros empunhando armas reuniu todos da aldeia. A fumaça subiu ao redor deles e o fogo queimou tudo. Ela foi amarrada e mantida separada de Hassana, uma separação que as manteve longe. Até aquele dia.

E agora elas quase não falavam a mesma língua. As pessoas achavam que elas eram especiais, extraordinárias, e Vitória imaginava que isso era porque elas eram o único tipo de pessoa que não vinha solitária ao mundo. Elas entraram na vida juntas, caminharam juntas pela terra, com os caminhos tão entrelaçados que se tornaram duas em uma. E, ainda assim, a vida as separou prematuramente, fazendo-as passar por tempos difíceis e as transformando em duas diferentes jovens mulheres. Agora, e de repente, elas deveriam recomeçar de onde pararam?

Ela enxugou os olhos. Foi bom ter esse tempo para ela.

— Iemanjá, Ibeji — sussurrou. — Estamos juntas agora. Guie-nos.

Ela escutou. A noite sussurrou de volta com o bater das ondas, cães uivando, um homem bêbado murmurando uma canção. O ar cheirava a pano úmido. Pantanoso.

Apoiou as mãos espalmadas nas bochechas e olhou para os pedaços de nuvem pairando lentamente na frente da lua. Todo mundo a empurrou de volta para a irmã. O que *ela* queria agora?

Vitória, Hassana e Tereza se sentaram no terceiro banco do salão lotado. Foi uma bela cerimônia que encheu o coração de Vitória de desejo – ela poderia ter vivido aquilo com Joaquim? Mas encontrar a irmã era, afinal, o que ela queria… não era? As respostas não eram tão fáceis e isso a incomodava. Estava feliz, mas confusa também. Ela empurrou esses pensamentos difíceis para longe da mente e se concentrou na beleza diante dela.

A noiva usava um vestido de crepe da China com um véu de renda mais leve. Parecia que tinha saído de um catálogo. Ela adoraria ver como foi feito e copiá-lo para as clientes em Lagos.

Após a cerimônia, cujos detalhes lhe escaparam porque o padre falava em ga e em inglês, foram para outra casa verde e amarela de dois andares. Lá dentro, a batida a fez mexer os pés, embora a música fosse nova. Ela observou a noiva dar a volta. O corpete do vestido dela tinha duas camadas de tecido – ela tentaria fazer aquele modelo.

Hassana trouxe para ela um prato do *tuo* mais amargo que ela já provou na vida.

— Também não gostei no início, mas, depois que me acostumei, se tornou meu favorito — ela disse. — Chama-se *kenkey*.

Era intragável. Vitória comeu apenas o peixe frito e o molho que a acompanhava.

O sr. Nelson apareceu com um grupo de amigos.

— Duas Hassanas!

— Ela fala português — o sr. Nelson disse, pressionando o ombro de Vitória.

— Vivas para a Hassana lusófona!

A alegria deles abriu um sorriso no rosto de Vitória. Ela ficou satisfeita pela irmã também ter encontrado uma comunidade que a amava. Imaginou como seria se Hassana também tivesse ido para a Bahia. Como Yaya se descabelaria pelas duas!

— Comam! Bebam! — disse o sr. Nelson, que então sussurrou algo para Hassana.

Ela foi embora e voltou com uma cabaça cheia de uma bebida cor de casca de árvore. Vitória provou e não gostou, mas tomou alguns goles para não ofender ninguém. Hassana a conduziu até uma mulher com um véu na cabeça, como as mulheres nas caravanas de Botu e em algumas partes de Lagos usavam.

— Esta é Husseina — disse Hassana.

— Vitória.

Hassana parecia surpresa.

— Hajia, esta é Vitória.

— Bem-vinda — Hajia disse em hauçá, revelando um dente de ouro.

— Hajia tem sido minha mãe e protetora — Hassana disse.

— Sua irmã é muito teimosa, mas com o coração mais terno que já vi. E uma grande guerreira. Vitória, seja bem-vinda de volta. Você também é minha filha.

Vitória não deixou aquilo escapar. Quantos pais ela – elas – ganharam? Eram os orixás agindo, disse a si mesma.

Amerley, a noiva, tinha mais ou menos a mesma idade que elas. Quando se aproximou, tomou o rosto de Vitória nas mãos com uma familiaridade que ela não sabia o que fazer.

Uma mulher segurando uma cabaça com uma bebida de cheiro forte veio e apontou para Hassana e ela. Disse algo arrastado e Hassana assentiu.

— Meninas encantadoras — a mulher concluiu, em português, tomando um gole da cabaça e saindo.

Outra mulher surgiu de um cômodo do andar de baixo, enxugando os braços na saia. Ela tinha cabelos lisos, como alguns crioulos da Bahia.

— Deixe-me vê-la — ela disse em português, afastando as pessoas do seu caminho. — Que linda. — Ela apertou os lábios e as lágrimas escorreram dos olhos dela.

Vitória não tinha ideia de quantas pessoas conheciam a história delas. Quando pensou nisso, o coração dela aqueceu. O evento começou a parecer mais uma celebração delas do que um casamento. A amiga de Hassana foi gentil em ter os holofotes tirados dela – Vitória suportaria mais pessoas apertando o rosto dela já que Amerley era *tão* generosa.

— Seria uma história triste se vocês não tivessem se encontrado — a mulher disse, soluçando. — O reencontro de vocês representa um encontro de todos nós.

— Poético, tia Adukoi! — Amerley disse.

Hassana não largava a mão dela.

As pessoas ficavam exclamando: "Gêmeas!" Diziam isso com tanta frequência que Vitória aprendeu a palavra para "gêmeas" até em ga: "*haaji*".

Os outros convidados estavam muito à vontade com a bebedeira para ficarem lúcidos. Pessoas bêbadas divertiam Vitória. O jeito de andar, as expressões, a maneira como se viravam repentinamente para lutar com demônios invisíveis. Vitória preferia vê-los fazerem papel de idiota do que ser a atração ou um fenômeno. Em Botu, elas não eram fora do comum. Sim, às vezes, quando a caravana Sokoto chegava, os viajantes faziam comentários sobre a dualidade dela e da irmã, mas geralmente elas estavam se divertindo muito para se importar. Ela não queria ser constantemente colocada no centro do olhar de todos. Estar reunida com Hassana a colocava nessa posição. Observou a irmã, ainda confiante, se deleitando com a atenção que atraíam para si, mas dessa vez coberta por uma espécie de tristeza e quietude que Vitória entendia bem. Vitória pensava nas cerimônias do Candomblé e como também eram espetáculos, de certa forma, porque as pessoas dançavam em transe e quem não pudesse receber orixás assistia. Quando ela era o centro do olhar de outra pessoa naquele mundo, Vitória nunca se sentia insegura, talvez porque estava preenchida por Iemanjá e não tinha tempo para pensar em vergonha ou em ser observada. Ali, na festa de casamento, ela se sentiu nua, e depois de mais um momento em que Hassana a levou novamente ao centro dos olhares, ela se desvencilhou e se sentou ao lado de Tereza.

— Você não parece feliz — Tereza disse.

— Estou. É que... é sufocante.

Amerley apareceu, segurando a mão de Hassana, e Vitória sentiu uma pontada de ciúme.

— Pode se mudar para o meu quarto — Amerley disse.

— Hassana me disse que você não gosta de onde está hospedada.

Tereza bateu de brincadeira em Vitória.

Vitória sussurrou desculpas. Tereza não estava chateada.

— Vou me mudar para a casa do meu marido. Vocês duas deveriam ficar aqui.

— Virei amanhã cedo — Vitória disse a Hassana.

— Eu também. Mesmo que não queira ficar um minuto distante, tenho que pegar minhas coisas na casa de Hajia.

Vitória alcançou Hassana e disse:

— Comemore com sua amiga hoje. Amanhã, pego minha irmã de volta. — Ela beijou a bochecha da irmã.

No dia seguinte, Tereza a acompanhou até a casa verde e amarela, levando o baú de Vitória na cabeça como se fosse uma carregadora. Desta vez, a casa estava imponente e silenciosa, despojada de todas as marcas das comemorações do dia anterior.

— Você acredita que vi esse lugar no meu sonho? Quem diria que seria exatamente onde nos encontraríamos?

— Quê?! Gêmeas, vocês são poderosas — Tereza exclamou.

Elas cumprimentaram o sr. Nelson e cruzaram o pátio intocado. Ninguém diria que há apenas algumas horas a casa estava tomada de convidados, tigelas de comida e cabaças de bebida. Vitória observou a irmã descer a escada. Hassana era elegante e tinha os ares de alguém que não tinha conflitos.

— Tentei chegar aqui cedo pra limpar — ela disse, e abraçou Vitória e Tereza, que haviam colocado o baú no chão. — Mas vocês também chegaram cedo.

Tereza as ajudou a levar o baú para o quarto de Amerley e disse que tinha vendas a fazer. Depois que ela saiu, Vitória andou pelo quarto, que não estava muito mais limpo do que no dia anterior. A cama estava desfeita e as roupas derramadas do guarda-roupa de madeira. Pela janela, avistou o mar. Havia deixado as ondas dele a levarem para o outro lado, e voltou como uma pessoa diferente. No entanto, ele ainda era misterioso e assustador.

Hassana pegou um chapéu do chão.

— Você consegue imaginar uma pessoa mais bagunceira do que eu?

Vitória ficou olhando as roupas na cama. Tinham que se conhecer novamente. Ela morava em Lagos; Hassana em Cape Coast. Quem teria que se mudar?

— O que você tem que fazer hoje? — Hassana perguntou, interrompendo os pensamentos de Vitória.

— Costurar. E você?

— Volto para a escola em três dias e preciso comprar alguns materiais.

— Vou contigo. Também preciso de mais algumas coisas para minha cerimônia.

— Que cerimônia?

Vitória não tinha certeza de como sua irmã reagiria.

— Estou começando algo como uma igreja.

— Minha irmã é uma dama do livro sagrado?

— É diferente da crença católica. Nossa fé é sobre os ancestrais que nos protegem e sobre as forças do bem que vivem na natureza. Você deveria vir à nossa primeira cerimônia. Vai acontecer um dia antes de você partir.

Hassana deu de ombros.

— Eu não sei que bem o que a religião faz às pessoas. Mas vou comprar tudo o que você precisar.

— Tenho dinheiro — Vitória retrucou. Soou como se tivesse mordido a língua. Ela era o próprio peso e Hassana era leve, com asas.

Hassana a guiou. Saíram da Casa das Tesouras para encarar o ar quente. Caminharam por uma grande via pública enquanto Hassana apontava para uma coisa aqui e outra ali. Vitória quase não ouvia. Uma ideia lhe ocorreu. E se ficasse em Acra, para ficar mais perto de Hassana? Estava pronta para experimentar Acra, como se fosse uma roupa nova, embora já não estivesse servindo direito – não sentia que era o lugar dela. Ela foi à Bahia bem mais jovem, mas, mesmo assim, teve a premonição de que poderia passar um bom tempo lá. Essas coisas podem ser sentidas. Acra não estava se infiltrando em sua pele como Lagos e Salvador fizeram. Provavelmente estava pensando muito sobre isso, disse a si mesma, e olhou para o poste que Hassana apontou.

— Imagine se tivéssemos isso em Botu — ela disse. — Ficaríamos acordadas a noite toda aprontando todo tipo de travessuras.

Hassana contou curiosidades sobre algumas construções e lojas. Quando não havia mais construções para descrever, ela contava a Vitória como ela e as mulheres de Acra haviam marchado por aquela via para ver o governador.

— Em Cape Coast, entrei pra um grupo de mulheres. Estamos lutando lá também pra manter nossa terra em nossas mãos.

Hassana não perdeu a veia independente e forte que tinha. Chegaram a um edifício gigante, do qual pessoas entravam e saíam.

— Não é impressionante? — Hassana perguntou.

Vitória queria contar a Hassana sobre os majestosos ônibus e bondes que circulavam pelas ruas da Bahia, com os quais Acra não tinha nada comparável. E este edifício parecia um posto comercial glorificado. O que Hassana diria do Elevador Lacerda?

— É sim — Vitória disse.

— Quando cheguei em Acra, vim aqui e quis correr e me esconder. Não podia comprar nada. Agora que ganho algum dinheiro, pelo menos posso comprar material para escrever. Ainda não posso comprar roupas. Ganho apenas dezoito libras por ano, mas você pode me fazer roupas bonitas.

— Sim — Vitória disse. — Mas também sou cara.

Hassana entrelaçou o braço dela no de Vitória e foram até o balcão para pedir papel, tinta, canetas-tinteiro e um pacote de biscoitos. Vitória comprou papel (ela podia dobrar para formar coroas e outros paramentos para as vestimentas dos orixás), dois espelhos de mão (eram muito simples para o gosto dela, mas não tinha dinheiro para os enfeitados) e flores brancas para enfeitar o terreiro para Iemanjá.

No caminho de volta para a Casa das Tesouras, Hassana disse:

— Vou descobrir se há uma loja de costura lá em Cape Coast. Talvez você possa morar comigo lá.

— Ou você pode encontrar escolas aqui — Vitória disse, e as palavras saíram com uma lufada de ar quente que não conseguiu controlar. Não poderia mais ser aquela que sempre a seguia; não era mais aquela pessoa. Yaya tinha dito que ela era a mais velha das duas. — Estava pensando que deveria ficar em Acra. Poderia continuar ajudando com o terreiro e talvez consiga algum trabalho de costura com o sr. Nelson.

— É uma ideia maravilhosa — Hassana disse.

Mais tarde naquela noite, deitou-se junto de Hassana na cama de Amerley. Que jornada haviam feito.

— Estou tão feliz por termos nos encontrado — Hassana disse.

— Eu também.

O sr. Nelson ficou mais do que feliz em ter Vitória trabalhando com ele. Ela era rápida com as roupas das clientes dele e ele a ajudou a costurar as cortinas que ela precisava para as paredes do terreiro. Quando ela mostrou as saias gigantes que havia feito, ele ficou parado em frente ao trabalho dela e cobriu a boca.

— Parece que estamos em casa — disse, com as palavras presas em sua língua.

— Vamos nos encontrar na sexta-feira — arriscou Vitória. — Se o senhor quiser vir se juntar a nós, todos são bem-vindos.

Ele balançou a cabeça negativamente.

— Gosto de assistir, mas vou à igreja — ele disse.

Ela encheu a cesta com roupas e cortinas e correu para o terreiro, onde Mãe Ribeiro ensaiava pontos com um pequeno grupo. Ela acenou para Vitória, que começou a trabalhar, pendurando tecido azul e branco nas paredes. Essa primeira cerimônia seria de agradecimento a Iemanjá. Vitória pegou o papel que havia comprado, cortou triângulos da parte superior e costurou uma cortina de contas na coroa.

Vitória roeu as unhas. Algo parecia faltar na sala, com cheiro de menta queimando – mais cor ou mais plantas? As paredes e tetos estavam forrados com folhas de palmeira para receber os orixás. Tereza disse que ela havia transformado o terreiro e que parasse de se preocupar. Ela foi para o pátio e se certificou de que as mulheres tinham preparado comida mais do que suficiente. Yaya sempre disse que era melhor sobrar do que faltar. Em uma sala nos fundos, galinhas-d'angola estavam prontas para serem sacrificadas. Mãe Ribeiro estava linda toda de branco e com miçangas vermelhas penduradas no pescoço.

Vitória voltou para dentrou e Hassana entrou.

Vitória correu até a irmã e lhe disse que se sentasse onde quisesse.

— Tereza vai cuidar de você.

Quando Mãe Ribeiro começou a cantar, Vitória foi à frente. Por um instante, ela se perguntou o que estava fazendo lá em cima já que não era uma anciã, mas se lembrou de que Yaya havia lhe dito que, às vezes, até crianças eram anciãs no Candomblé. A sala se encheu e logo ela viu um mar branco.

— Iemanjá *ile* — gritou uma garota, silenciando a multidão.

Os dedos dos pés de Vitória formigaram.

Ela me envolve em seu redemoinho, até que meus membros sejam a água, a água seja eu, esteja dentro de mim. Ela me trouxe para casa e eu a trouxe para casa. Nós dançamos. Nós giramos. Nós andamos em círculo. Nossa energia se espalha. A gratidão entra e sai de mim. Sou grata. E ela também.

Quando Vitória acordou, a congregação estava servida de cumbucas de milho cozido mergulhado em óleo de palma e pedaços de galinha-d'angola frita. Ela abraçou as pessoas que lhe agradeceram por finalmente ceder um terreiro à comunidade. Procurou por Hassana e a encontrou sentada no chão com Tereza.

— Você dançou primorosamente — Hassana disse, empurrando os cotovelos para fora, em uma tentativa de imitar a dança. — E aquela coroa!

— Foi Iemanjá — Vitória disse. Ela se sentou e examinou os rostos das pessoas; todos pareciam contentes.

De volta ao quarto de Amerley, Vitória queria afundar na cama e dormir profundamente.

— Então você estava realmente possuída?

— Acabei de receber Iemanjá.

— Qual é a sensação?

— Não sei. Depois que ela vai embora, fico me sentindo mais leve, abençoada, feliz.

Ela olhou para o guarda-roupa, completamente escancarado.

— Ela virá buscar as roupas dela? Amerley?

— Ela planeja doá-las, agora que é uma mulher casada. E vai para a Inglaterra em breve, então voltará com um novo guarda-roupa.

— Você já esteve na Inglaterra? — perguntou Vitória.

— Nunca saí da Costa do Ouro. Quase atravessei o mar pra te procurar, mas o sr. Nelson me provou como isso era ridículo. Eu sabia que você estava no Brasil. Conte-me como é.

Vitória estava esgotada, mas se entregou à irmã.

— Tinha tudo. Carruagens, cavalos, bondes. Construções com cômodos que tomam uma colina de alto a baixo. É como se Deus tivesse reunido todas as pessoas do mundo e lhes dito pra viverem juntas. Você vê pessoas mais escuras que eu e outras tão pálidas que chegam a ser transparentes. E geralmente, quanto mais escura, mais pobre a pessoa é. Há apenas dez anos eles pararam de escravizar, então algumas pessoas têm medo de serem devolvidas aos seus senhores.

— Mesmo aqui, se você não tiver cuidado, ainda pode ser vendida. Você tinha amigos?

— Eu tinha uma pessoa próxima. Joaquim.

— Não falo português, mas soa como um nome masculino.

Hassana abriu um largo sorriso. Ela se sentou e apertou a cintura teatralmente.

— Husseina Yero, você tinha um cavalheiro como amigo? — Ela bateu palmas. — E aqui estava eu, com pena de você o tempo todo.

Vitória sorriu. Sentia falta dele, mas na maioria das vezes ela o esquecia. Contou a Hassana sobre as viagens pela Bahia e sobre a aparência dele e o primeiro beijo.

— Você o amava?

— Eu gostava muito dele.

— Se ele tivesse visto você esta noite, teria engasgado. Aquela coroa que você fez... Até os espelhos simples pareciam majestosos.

— Foi Iemanjá. — Vitória bocejou.

— Você realmente acredita nisso? Foi você.

— Não é tão diferente de acreditar em Otienu.

— Não acredito mais em Otienu.

— Você deve acreditar em algo.

— Nós. Acredito em nós. Encontramos uma a outra, usando nossos sonhos. Cristianismo, Islã, Otienu... Isso tudo existe pra nos manter na linha e nos dar algo além de nós mesmos e nos manter sob controle. Nós, pessoas, podemos e devemos olhar pra dentro de nós mesmos. Mas talvez fique com Otienu. Nossa crença. Eu posso respeitar isso.

Vitória observou a irmã, agora de pé e com as mãos na cintura. Hassana sempre foi de não desistir de uma discussão. Mas Vitória sabia no fundo que Iemanjá zelava por elas, fazia com que circulassem nas mesmas esferas. Isso tomou um poder que era mais do que humano. Era espírito. Mas ela não precisava convencer uma pessoa que não queria ser convencida. Iemanjá havia dado a ela algo que Otienu não tinha.

— Da próxima vez que você vier a Acra, vou explicar um pouco mais. Agora, estou exausta.

No dia seguinte, elas caminharam até o porto. Quando se separaram, Vitória suspirou, de repente mais leve. Finalmente, conseguia respirar.

capítulo dez
HASSANA

Voltei para Acra de Cape Coast, com meus sentimentos espalhados, como se tivessem sido jogados em um moedor de milho. Estava entusiasmada para ver minha irmã depois de cinco meses, mas também estava muito ansiosa porque Vitória não era nada como a Husseina dos meus sonhos. A Husseina que eu guardava era quieta e pronta para ir em qualquer aventura que eu planejasse. Sim, muitos anos se passaram e agora éramos mulheres jovens e não as meninas que havíamos deixado para trás em Botu, mas me perguntei se as pessoas poderiam mudar tanto. Sabia que tinha ficado menos espontânea, desenvolvido meu próprio conjunto de medos, mas ninguém poderia dizer que eu era tão diferente da garota que costumava ser. Não conseguia sequer chamá-la de Vitória.

Subi para o quarto de Amerley e Husseina não estava lá. O quarto era familiar e diferente ao mesmo tempo. Há muito se foi a fragrância de jasmim. Agora o ar estava fresco, quase sem cheiro. O cheiro da minha irmã era neutro. Tudo estava no lugar. Nenhuma roupa no chão ou na cama. Desci para a oficina do sr. Nelson e lá estava ela, abaixada atrás de uma máquina de costura. O sr. Nelson me viu primeiro e me deu um grande abraço. Husseina veio atrás de mim e me abraçou também. Senti uma onda de amor.

Sr. Nelson disse que Husseina poderia fazer uma pausa e fomos para o pátio. Ela parecia feliz.

— O que você acha do sr. Nelson?

— Ele é engraçado — ela disse. — Falamos muito sobre a Bahia. Ele não tem muitas lembranças de lá, mas ainda assim a chama de casa. Ele desaprova o Candomblé, mas me deixa costurar para as giras só porque isso o lembra da Bahia.

— Não tenho mais um lugar pra chamar de casa.

— Não é Cape Coast? Nem aqui?

Balancei a cabeça.

— E você?

— Lagos, eu acho. Até a Bahia foi minha casa por um tempo.

— Você é sortuda.

Ela me contou sobre algumas das clientes que tinha, mulheres europeias e um punhado de mulheres africanas que moravam em Victoriaborg – mulheres africanas que queriam ser mais europeias do que as europeias. Essas africanas gostaram do toque brasileiro que ela colocava nas roupas, como apliques de renda e contas, e ela estava recebendo alguns pedidos. Não tantos como em Lagos, mas o suficiente para mantê-la ocupada. Ela me perguntou sobre meus alunos, e eu contei sobre os mais brilhantes que estavam lendo mais rápido do que eu esperava e dos que não sabiam falar uma palavra em inglês. Percorremos tópicos seguros e prendi a respiração, esperando que ela perguntasse quando eu me mudaria para Acra. A verdade é que eu gostava de Cape Coast e queria que ela se juntasse a mim lá. Paradoxalmente, ver o sucesso com as damas de Acra me encorajou. Se ela pedisse, eu diria para ela abrir a própria loja em Cape Coast, aproveitando a reputação da Casa das Tesouras. Mas tinha que dar cada passo lenta e suavemente.

Estava animada por voltar à Costa do Ouro por outro motivo. Era a temporada de Homowo, quando o povo ga marcavam o fim da fome, e eu poderia, depois de todos esses anos de saudades da minha irmã gêmea, levar Husseina para a festa dos gêmeos. Tinha certeza de que ela iria adorar.

Husseina cozinhou um prato com feijão, arroz e banana-da-terra que o sr. Nelson disse ser igual à comida da própria mãe. Era bom, mas eu faria com pedaços maiores de carne. Quando ele e Husseina voltaram ao trabalho, subi para ler. A igreja Wesleyana enviou livros para a biblioteca de nossa escola, e acho que fui a única que os retirou para ler. Eu estava lendo o segundo volume de *Grandes esperanças* e entendia completamente a mudança de sorte de Pip. A diferença era que eu não tinha ganhado dinheiro – eu tinha encontrado o restante de mim.

Alguns dias depois, o som de uma bateria me acordou e sacudi Husseina.

— Você não pode perder o início do festival.

— Eu não tomei banho.

— Ninguém vai saber. Basta colocar um vestido.

Husseina relutantemente colocou o mesmo vestido que usou no dia anterior, e eu a arrastei escada abaixo e saímos.

Todo mundo saiu da Casa das Tesouras e das casas vizinhas para ver a procissão passar. Batemos palmas para os homens e meninos vestindo vermelho e preto, com a pele coberta de giz branco. Guarda-chuvas protegiam as cabeças do rei de Ga e sua comitiva, enquanto ele pegava um punhado de *kpokpoi* laranja e borrifava no chão.

— Que comida é essa? — Husseina perguntou.

— Milho fresco moído cozido no vapor e adicionado à sopa de palma e peixe. É pra celebrar o fim da fome. Quando os ga chegaram pela primeira vez aqui, eles sofreram com uma grande estiagem e quando as chuvas começaram novamente, esta foi a forma deles de agradecer aos ancestrais por ajudá-los. "*Homo*" é "fome". E "*wo*" é "debochar".

— É como o carnaval — Husseina disse. — E igualzinho ao Candomblé. Isso devia fazer você acreditar no que eu faço. — Fiquei feliz em ver que o festival a agradou. — É como na Bahia, quando deixamos comida para os ancestrais e os orixás na encruzilhada.

Mais tarde naquele dia, Amerley nos convidou para a casa dela. Husseina e eu passamos pelo Forte James e, pouco antes do farol vermelho e branco, viramos à esquerda para chegar à casa da família Lutterodt. O pátio estava apinhado de gente, que exclamava "*Haaji!*" toda vez que nos viam. Isso me divertiu tanto que decidi começar a contar quantas pessoas diziam isso.

— Isso é irritante — Husseina disse baixinho em gurma. Ela poderia ter gritado as palavras e as pessoas não teriam ideia.

Amerley estava servindo pratos de *kpokpoi* amarelo mergulhado em sopa de palma. Era uma das minhas épocas favoritas do ano e o dia parecia muito especial, porque podíamos comer algo que era feito apenas uma vez por ano.

Tia Adukoi nos chamou e nos envolveu em um abraço. Os próprios gêmeos dela também correram para nos abraçar.

— Vocês vão para a celebração dos gêmeos? —a gêmea mais nova perguntou, a menina. Eu me vi nela, embora no nosso caso eu fosse mais velha. O menino estava calado, como Husseina.

Amerley, já sem os pratos, juntou-se a nós no círculo de tia Adukoi. Em apenas três meses de casamento, o rosto dela estava inchado. As roupas da minha amiga engoliram a forma do corpo dela. Não parecia tão única como costumava ser. Ela nunca se vestiu com elegância como Husseina, mas era criativa e costumava ser o tipo de pessoa que chamava atenção para si mesma. Agora ela parecia normal. E cansada.

— Quanto tempo você vai ficar? — ela me perguntou.

— Por quê? — disse.

— Tenho notícias do nosso caso.

— Quando o bebê nasce? — uma tia gritou com ela e riu, tagarelando algo em ga, e depois agarrando a própria barriga.

— Falando de casos quando isso é mais importante!

Eu me senti mal por Amerley. O glamour de ser uma recém-casada já estava desaparecendo e agora se esperava que ela se tornasse mãe. Eu não poderia imaginar ser mãe de ninguém. Minha vida estava apenas começando. Tínhamos apenas dezessete anos. Mas suponho que minha mãe teve minha irmã mais velha quando era muito mais nova. Tentei dar um sorriso encorajador para Amerley. Pelo menos ela ainda estava indo para a escola.

— Paciência, tia Naa — ela disse. Então se virou para mim e disse: — O advogado Easterman disse que a única pessoa com quem ele poderia contar pra libertar o oficial Osman foi demitido de seu posto.

— E quem é essa pessoa?

— Dr. Easmon. Ele era o médico-chefe aqui na Costa do Ouro, veio de Serra Leoa. O governo afirma que ele era dono de um jornal dissidente e que funcionários públicos como ele não deveriam ter negócios privados. Easterman diz que ele foi incriminado e que aconteceu exatamente quando estava planejando nosso encontro com ele.

— É tão fácil pra ele dizer isso agora — eu disse, me sentando. Virei para Husseina e expliquei. — Ele ficou com nosso caso por muito tempo. Mas não era importante pra ele. Pobre Hajia. As pessoas em Acra simplesmente aceitam o absurdo. Você deveria ver como as pessoas são inflamadas em Cape Coast.

— Em Lagos também — Husseina disse.

— Disse a mesma coisa pra ele, que ele não estava pressionando tanto como o pessoal do SPDN. Ele disse que essas pessoas estão longe do governador e não correm o risco de perder a posição deles. Vou tentar o meu melhor pra continuar trabalhando nisso — Amerley disse. — Mas eu tenho escola e John Jr., não me resta muito tempo pra fazer outras coisas. E qual é o *seu* plano?

Os olhos dela estavam fixos em mim.

Balancei a cabeça, como se não a tivesse ouvido, embora as palavras dela fossem tão nítidas quanto um sino tocando em uma igreja. Ela precisava de outro assunto.

— Vitória está se mudando ou teremos você de volta a Acra? Sinto falta de ter você por perto.

Meus braços coçaram.

— Hum — disse e coloquei um punhado de *kpokpoi* na minha boca. Murmurei: — Ainda estou procurando trabalho aqui.

Disse a mim mesma para me acalmar. Husseina não entendia inglês de qualquer maneira.

O grande assunto na boca de todos era como os axante começaram a se mudar em massa para Serra Leoa para prestar homenagem ao Líder Supremo, Amanhene. Os britânicos temiam que encontrassem uma maneira de trazer de volta clandestinamente o rei problemático deles. Eu admirava o espírito axante. Lutadores até o fim. E não me escapou a ciência que era por causa dessa luta com os axante que o oficial Osman estava definhando naquele manicômio miserável.

Depois do almoço, uma calmaria desceu sobre todos e ninguém queria se mover. As moscas pousavam na pele e mal eram afastadas. Pessoas que tiveram a sorte de conseguir bancos se deitaram de bruços. Husseina e eu voltamos para a Casa das Tesouras para descansar antes do festival dos gêmeos. Tentei criar algum entusiasmo após a notícia desanimadora do oficial Osman.

— Você pretende voltar pra cá? — Husseina perguntou quando voltamos ao quarto. Minha irmã, quieta como era, conseguia perceber coisas até em outras línguas.

— Venha pra Cape Coast — disse.

Minha fala pareceu autoritária e fria, não da maneira que ensaiei: "Você melhoraria muito a cultura da costura em Cape Coast". Ou: "É uma cidade menor e há muitas escolas onde você pode aprender inglês". Ou: "Você iria adorar as senhoras de Cape Coast; elas me lembram você". E muitas outras alternativas.

Ela não respondeu, e me perguntei por que ela sempre mantinha os sentimentos dela enterrados no peito. Mas não ia começar uma briga. Eu a deixaria remoer o que eu disse ela e, quando ela estivesse pronta para falar, apresentaria meus argumentos convincentes.

Enquanto estava em Cape Coast consegui ignorar um sentimento que voltou enquanto estávamos juntas. Tínhamos nos tornado pessoas completamente diferentes, cuja única conexão, mesmo que forte, parecia ser o fato de termos sido carregadas no mesmo útero ao mesmo tempo. Nossos caminhos haviam divergido e não havia mais nada nos prendendo uma a outra, exceto o acidente de nosso nascimento. Em Cape Coast, enterrei esse medo e a náusea que o acompanhava e decidi esperar o dia em que nos veríamos novamente. Não tinha percebido que evitando esse jogo apenas estava mentindo para mim mesma.

Husseina dormia. Ou talvez fingisse dormir. Eu me revirei até adormecer também.

Estamos sentadas em uma carruagem, vestidas elegantemente. Os cascos dos cavalos batem contra uma estrada de paralelepípedos. Pela janela, um homem de cartola conduz os cavalos. Somos chicoteadas pela grama alta e marrom. Botu. Uma árvore baobá quebra o mar de marrom.

"Vou descer aqui", Husseina diz, e não se vira para me olhar.

A carruagem continua se movendo e tudo que posso fazer é assistir Husseina ficar menor e menor, até que ela seja apenas um ponto. O horizonte a engole.

O sonho me incomodou quando colocamos os vestidos brancos que Husseina havia costurado para a cerimônia dos gêmeos. Não conseguia parar de pensar nele enquanto caminhávamos pela rua. Tentei dar uma olhada rápida em Husseina para descobrir se ela tinha sonhado a mesma coisa, mas nada no rosto dela denunciava o que pensava. Eu não conseguia ler sua mente.

Foi apenas no festival dos gêmeos que o peso em volta do meu peito se dissipou. Éramos tantos, me senti vista. Husseina sorriu e apertou minha mão quando deslizei meus dedos entre os dela. Passamos por idosos, mães carregando dois bebês nos braços, jovens de jaquetas europeias, outros de *batakari*. Tudo estava ampliado em dois. Até a música parecia duas vezes mais alta. Dançamos pelas ruas largas da estrada Horse e viramos pela avenida Hansen. Mulheres se organizaram nas laterais das vias vendendo milho torrado e *nmedaa*. Eu tinha certeza de que Hajia estava lá em algum lugar, mas havia muitas pessoas.

— *Awo awo awooo!* — gritaram muitas vozes. — *Aaaba ei!*

— O que isso significa? — Husseina perguntou.

— Isso significa que eles estão vindo.

— Quem são eles…?

Pessoas carregando tigelas cheias de líquido e folhas na cabeça cambalearam para a frente, como se estivessem em transe ou prontas para atacar. Marcharam na direção do mar, seguidos por uma multidão. Husseina os observou até que sumiram de vista.

— Eles receberam um espírito — disse ela calmamente.

Comprei milho torrado para nós e paramos para comer. Do outro lado de onde estávamos havia um pequeno cercado de folhas de palmeira trançadas.

— Vamos ali — Husseina disse, com os olhos fixos no recinto, como se de repente ela tivesse entrado em transe.

Lá dentro estava uma mulher vestida de branco e coberta com círculos de giz. Eu estava pronta para sair imediatamente, mas Husseina fez a coisa mais estranha. Ela se sentou e deu um tapinha no chão ao meu lado.

— Pergunte a ela se os espíritos estão felizes conosco agora.

Meu ga era horrível e eu não tinha certeza se a mulher falava inglês. Procurei palavras e nem sabia como dizer "espírito".

— Como posso ajudar? — a mulher perguntou em hauçá, e suspirei de alívio.

— Por favor, leia os búzios — Husseina disse, segurando o sabugo de milho como um porrete.

A senhora pegou vários búzios e sacudiu-os nas mãos. Jogou-os na poeira diante dela e balançou para a frente e para trás. Então, olhou para mim.

— Você chama. Ela segue. Mas ela é mais velha. Vocês são como a cobra mordendo o rabo. Se você não chamar, ela não seguirá. E se ela não comandar, você não chamará. Se você não chamar, sua irmã estará perdida em seu mundo. Se sua irmã não estiver procurando, você não chamará.

Olhei para os meus joelhos, agora cobertos pela areia vermelha da cerca. Deveria ter desencorajado esse absurdo. O que significava e será que Husseina acreditava naquilo?

— E mais uma coisa. A separação mudou vocês. Purifiquem-se.

Então a senhora estremeceu e não disse mais nada.

Nós saímos.

— Isso foi estranho — eu disse.

— Por quê?

— Eu não entendi uma palavra.

— O que foi difícil de entender? Ela não sabe nada sobre nós e ainda assim mencionou nossa separação.

— Sorte — sussurrei.

— Lembra do pássaro *tchiluomo*?

— Calau, como os europeus os chamam.

— Bem, isso é exatamente o que a mulher estava dizendo. Lembra como um chama e o outro segue?

— Eu costumava dizer que éramos nós. Mas estava errada. Eles não são gêmeos; são macho e fêmea. São amantes.

O que não disse a Husseina foi que o que parecia mais ridículo era que ela me comandava. Eu não fazia nada que não queria fazer e, para ser honesta, Husseina dava poucas ordens. A leitura de búzios da mulher me irritou, e Husseina parecia estar se regozijando com isso.

— Vamos fazer a limpeza — ela disse.

— Temos que descobrir onde isso acontecerá — respondi, sem intenção de fazer a limpeza. Mais pessoas se dirigiam para o mar, ou para a lagoa Korle, onde despejariam misturas de ervas na lagoa para obter as bênçãos do espírito residente de cada uma delas. A limpeza provavelmente aconteceria ali.

— Há tantas pessoas aqui que me pergunto como planejam limpar todos.

A cerimônia pareceu mais triste depois da leitura dos búzios, e isso, combinado com a notícia de que o caso do oficial Osman não havia progredido e o sonho que eu tive, deu um nó no meu estômago. Algo estava prestes a dar errado. Eu só não sabia o quê. Ou quando.

— Pergunte a ele — Husseina disse.

Virei-me para o velho que ela sugeriu e perguntei a ele.

— A praia — respondeu, apontando para uma direção que eu sabia que não era a praia.

— Ele diz que é praia, mas Acra é uma praia. Pode ser em qualquer lugar.

— Pergunte a outra pessoa.

— Husseina, não vou passar a tarde perguntando às pessoas que só vão nos mandar para o lado errado. Além disso, por que estamos ouvindo uma charlatã?

— Ela não era uma charlatã.

— Ela está apenas explorando a quantidade de pessoas aqui, e o fato de que elas pensam nos gêmeos como mais do que humanos. Mas não somos diferentes de outras pessoas que são feitas de carne e osso. Acontece que o corpo de nossa mãe nos dividiu em dois.

— *Somos* diferentes — Husseina disse, com um lampejo de algo que vi nos olhos da sra. Ramseyer quando ela orou na casa da missão. "Fervor" era a palavra certa. Ela realmente acreditava que as orações dela faziam os nativos deixarem seus velhos ídolos e acreditarem no Deus dela. E ali estava eu, bem e verdadeiramente agnóstica. — A maioria das pessoas não compartilha sonhos.

— Pode ser pura coincidência — eu disse.

— Eles me levaram até você. Iemanjá e nossos sonhos.

— Mero acaso.

Husseina balançou a cabeça, reprovando.

A tagarelice de vozes ficou mais alta. Algumas pessoas cantavam; outros arrastavam as palavras carregadas de álcool; bebês choravam. Eu não queria mais ficar ali.

— Vamos voltar para a Casa das Tesouras — eu disse. — Sentar e ter uma conversa adequada.

— Procurou trabalho aqui? — ela perguntou. — Decidi não voltar a Lagos pra ficar mais perto de você, mas você não fez nada sobre se mudar pra Acra.

— Este não é o lugar...

— Responda!

— Eu gostaria que você fosse comigo pra Cape Coast. Você pode abrir sua própria Casa das Tesouras lá.

Ela ficou quieta. Depois de um momento, disse:

— Você não está no controle da minha vida. Eu vivi todo esse tempo sem você e prosperei. Talvez você esteja certa; não somos especiais e não somos diferentes. Vamos continuar vivendo nossas próprias vidas separadamente.

Meu coração afundou em meu estômago. Eu peguei as mãos dela.

— Diga-me o que você quer que eu faça — eu disse, procurando seus olhos.

Pessoas esbarravam em nós. Eu não queria que o sonho da carruagem se realizasse.

— O terreiro está funcionando bem; meu trabalho aqui está feito. Vou terminar meus pedidos com o sr. Nelson e voltar pra Lagos — ela disse. Se ao menos eu pudesse sair da multidão. — Não falo a língua daqui e não vou começar tudo de novo em Cape Coast.

— Vamos pensar um pouco mais sobre isso.

— Não vou mudar de ideia.

Por muitos anos, imaginei ir ao festival de gêmeos com os braços de Husseina entrelaçados nos meus. E lá estávamos nós, nos separando uma da outra no lugar que estava celebrando nossa união.

— Por favor — disse. — *Eu* não posso viver sem você.

— Você já vive sem mim.

Quando foi que minha doce e sensível irmã ficou tão fria?

Uma senhora idosa correu até nós e gritou em ga que estávamos conjurando maus espíritos para a cerimônia.

— Vão embora! — ela gritou. — Vocês deveriam estar nos abençoando, não nos amaldiçoando. Vocês são ruins! — A voz dela, embora rouca, estava sendo ouvida por outras pessoas. Elas se viraram para nos olhar. — Vão embora!

As palavras dela despertaram hostilidade em mais pessoas. Alguém pegou uma pedra. Peguei a mão de Husseina e corremos no meio da multidão. Senti a pedra raspar meu ombro.

Do lado de fora da Casa das Tesouras, ofegávamos. Foi um momento que deveria nos ter feito rir como galinhas selvagens. Sorri, mas Husseina não sorria de volta.

Um silêncio pesado caiu sobre a sala quando subimos e eu tentei aliviar o clima cantarolando uma música do festival dos gêmeos.

— Por favor, não faça isso — ela disse.

— Você é sempre assim? — vociferei. — Todos nós já passamos por coisas horríveis, mas não demonstramos. Anime-se.

— Sou do jeito que sou. Sempre fui assim. E você se acha tão perfeita porque se tornou europeia e adotou a maneira de falar deles? Nossos caminhos também são importantes. Eu queria fazer a limpeza hoje, mas você começou uma briga comigo e fomos expulsas de uma linda cerimônia. Nossas religiões nos ensinam a ser um com tudo ao nosso redor. Quando celebramos as lagoas, elas não nos inundam e nos matam. Quando celebramos a terra, ela nos abençoa com boa comida e abundância. Você e eu somos especiais porque somos a própria abundância e mostramos ao mundo o que é possível. — Ela falou com tanta força que sua voz ficou rouca. — Mas não posso forçar você a acreditar. Pra me fazer acreditar, tive que me tornar um recipiente disposto a ser preenchido, então aprendi a me desprender.

Não sabia do que ela estava falando e o orgulho prevaleceu, então eu disse:

— Você ainda pode acreditar em todas essas coisas e não ser tão... tão hipócrita! Tão abafada. Sua Mãe Ribeiro é leve como uma borboleta.

— É sua culpa tudo isso ter começado — ela disse, sussurrando.

— O que você quer dizer?

— Foi você quem nos abandonou. Quando dormíamos separadas, isso atraiu coisas ruins pra nossa família.

Eu ri.

— Você não acredita nisso. Aqueles homens teriam vindo quer dormíssemos separadas ou juntas. Não tivemos nada a ver com eles. Cresça, Husseina.

— Vitória.

— Ah, pelos céus! Esse negócio de se chamar de Vitória é ridículo.

Ela se calou e não falou comigo pelo resto da noite.

Husseina acordou antes de mim e, quando desci, o sr. Nelson estava com uma das mãos no quadril.

— Estou perdendo minha melhor costureira — disse com tristeza. — Convença-a a ficar.

— Eu tentei — respondi.

O sr. Nelson me pediu que a acompanhasse ao escritório de Elder Dempster para solicitar a passagem dela.

"Tenho o poder de mantê-la aqui", brinquei, pensando no que dizer a ela, mas assim que as palavras me vieram a mente, me lembrei da história de nossa família: minha vida na fazenda de Wofa Sarpong, a dela na casa do homem Baba em Lagos. Mantê-la como refém seria a pior coisa que eu faria a ela.

— Você ainda pode ficar aqui — disse no dia da partida dela.

— Vou parar de ensinar e morar com você, separo um tempo pra encontrar algo em Acra.

— Acra não é o lugar pra mim — ela disse com a firmeza de algo que não se mexia.

— Sinto como se tivesse falhado.

Ela não disse nada e caminhou em direção à canoa que estava enchendo.

— Nós duas precisamos de tempo pra pensar — ela disse. — Vou te enviar uma carta.

As últimas palavras dela me irritaram. Ficou claro que tinha absorvido completamente as palavras da adivinha: "Uma chama, a outra segue". Enquanto a observava na canoa que seguia em direção ao enorme navio, percebi que meu sonho com o cavalo estava acontecendo diante de mim. Minha irmã era minha casa, e minha casa estava me deixando novamente. E ela estava certa sobre uma coisa: nossos sonhos eram reais e eram o tecido que conectava nossos desejos com nossas vidas despertas, dava pernas para nossos medos.

Quando voltei para a Casa das Tesouras, o sr. Nelson sorriu para mim. Perguntei-me por que estava tão feliz quando acabei de me separar da minha irmã novamente.

— Más e boas notícias gostam de viajar juntas — ele disse.

— O que quer dizer? — perguntei.

— O advogado Easterman enviou um mensageiro pra avisar que o oficial Osman será solto em uma semana.

Juntei as mãos. Pelo menos uma coisa em minha vida estava indo bem. Precisava ver Hajia.

O dente de ouro de Hajia brilhou e ela enterrou a cabeça no véu, abafando um soluço.

— Obrigada, minha filha — ela disse. — Que Alá a recompense. Que Alá lhe dê riqueza sobre riqueza. Que Alá te abençoe.

Contei que Husseina havia partido para Lagos.

— O problema é que não sei em que acreditar — disse. — E ela acredita em magia. Isso dificulta nosso entendimento.

— Todo mundo acredita em magia — disse Hajia. — No Islã, temos *djinns*. Os cristãos acreditam que um homem voltou dos mortos. Mesmo vocês que pensam que não acreditam, acreditam em seus cérebros. Se sua irmã tem esse poder de conexão e comando, ouça-a. Essa é a força dela. — Hajia apontou para o próprio coração. — A sua está aqui — Ela apontou para a cabeça dela. — A quantidade faz o algodão se igualar ao peso da pedra.

— Eu não entendo, Hajia.

— Suas diferenças as unem.

O sr. e a sra. Ramseyer haviam vendido a religião deles como limpa e racional, mas era verdade que, no fundo, aquela religião também acreditava em milagres e magia. E achei difícil, quase impossível, acreditar em um homem que tinha vivido tão longe de mim, morreu para salvar minha alma do pecado graças ao seu amor. Pelo menos Husseina estava propondo uma crença que veio de um solo que eu conhecia. Deveria dar uma chance a ela, mas não seria tarde demais?

— Ela disse que me escreveria uma carta — disse a Hajia.

— Você se esqueceu do seu poder.

— Qual?

— Você é quem chama. Chame por ela.

Perguntei-lhe como ela lidaria se o oficial Osman estivesse pior.

— Minha avó cuidava de muitas pessoas doentes — ela disse. — Quando eu era menina, costumava rezar pra que ficasse louca, porque eram as pessoas mais livres. Eram destemidos, exibiam cada parte dos próprios corpos, viviam dias e semanas sem uma gota d'água. E as pessoas aprenderam a deixá-los em paz. Eles comiam, dançavam e dormiam onde queriam. Isso me ensinou que a loucura não é um crime. Mesmo que meu marido fique tão mal a ponto de ter que vagar pelas ruas, eu deixaria. Ele sempre saberia que é aqui que fica seu lar. Ele comeria aqui e seria livre, não ficaria trancado como se tivesse matado alguém. Isso aconteceu para nós vermos que o jeito do homem branco nem sempre é o melhor. Obrigado por tudo o que fez.

Chamei Husseina como Hajia sugeriu, mas só depois de estar em Cape Coast por um mês. Dei-me tempo para voltar à minha vida antes de Husseina entrar nela. No começo, achei que estava indo bem. Fazia inspeções com as meninas pela manhã, dava aulas, juntava-me aos outros professores à noite para as refeições, ia para o meu quarto ou para a biblioteca, e a vida continuava. Depois da terceira semana, um sentimento de falta de propósito se instalou. Eu gostava de ensinar, mas me sentia solitária. Amerley disse para encontrar um companheiro, mas isso significaria ir à escola dos meninos para encontrar os professores de lá, e essa ideia não me agradou. Sentia saudades de Husseina, mesmo com toda a introspecção dela. Senti falta de provocá-la. Tinha que ir para casa.

22 de setembro de 1898

Querida irmã,

Tenho pensado bastante sobre nossos últimos dias em Acra e sinto muito. Estou pronta para tentar novamente. Quero saber quem é Vitória, quem Husseina se tornou. Você está certa, nós nos tornamos pessoas diferentes, mas a verdade é que sempre fomos diferentes, mas formamos um todo. Os chineses têm uma filosofia ancestral de yin e yang. Uma vírgula é branca e a outra é preta e juntas formam um todo, complementando-se. Se sua vidente estava certa, sou eu chamando você. Espero que você envie seu comando para mim.

Realmente sinto sua falta.
Hassana

Enviar cartas sempre foi um exercício de fé. Não tinha certeza se minha carta chegaria em segurança a Lagos ou quanto tempo levaria, e não sabia se a resposta de Husseina chegaria, mas três meses depois recebi uma carta. Peguei o envelope e o abri com as mãos trêmulas. Conhecendo minha irmã, poderia ser qualquer coisa. Ela poderia ter decidido que não queria absolutamente nada comigo.

capítulo onze
VITÓRIA/HUSSEINA

Ela usava um vestido que ambas tinham, que havia costurado com o algodão roxo que Tereza lhe deu, e golas de renda combinando que teceu enquanto morava com a irmã Maria. Ela recusou as ofertas de Tereza para acompanhá-la. O formigamento nos dedos não ia embora, e nem o aperto nas costelas e no peito. O barco a vapor de Hassana só chegaria por volta das nove, mas ela não queria se atrasar, não queria que Hassana tivesse um momento em que não se sentisse confortável, então Vitória chegou ao banco de areia de Lagos quando o sol nasceu, apenas começando a subir, com pequenas pinceladas macias de vermelho e roxo ao redor da aréola laranja. Ela queria dar as mais calorosas boas-vindas para que Hassana ficasse. Parte do próprio desconforto com a Costa do Ouro aconteceu por causa daquele quarto horrível que Tereza havia alugado quando chegou lá.

Algumas pessoas se juntaram a ela na praia, alguns vendendo milho cozido, acarajé e coco. Outros observavam o mar, ansiosos por receber seus entes queridos. Um funcionário da alfândega vestido com uniforme preto e botões dourados estava sentado a uma mesa, olhando as unhas. Ela comprou um coco e despejou a água na garganta. À distância, um ponto apareceu e cresceu cada vez mais. Algumas pessoas na praia aplaudiram de entusiasmo ao ver o barco a vapor.

Vitória esperou, a impaciência arranhava as entranhas dela. Hassana ficou tão enjoada quanto ela? Ela tinha certeza de que sua irmã não sucumbiria a tal fraqueza. Enquanto ela estava lá, com as palmas das mãos molhadas e formigando, uma memória triste flutuou na mente dela. Os dias em que ela, Hassana e a irmã mais velha Aminah vasculharam a caravana Sokoto em busca do pai. Todos os dias, elas ziguezagueavam entre as pessoas e o gado da caravana procurando *baba* e seu burro albino. Nunca o encontraram, e ela se perguntou se este era um daqueles mistérios que a vida havia lançado e que nunca entenderia. De repente, entrou em pânico. E se Hassana não estivesse no barco?

Quando viu os homens do povo kru remando até o nível do casco do navio, endireitou as costas, tentando conjurar apenas coisas boas.

— Iemanjá — ela sussurrou. — Traga-a pra mim.

As pessoas desembarcaram, descendo a escada de corda e subindo nos pequenos barcos que esperavam por elas. Era mais fácil subir do que descer. Ao descer, ela sempre temia perder o barco secundário e cair na água.

O navio estava muito longe para ver com clareza, embora o sol tivesse flutuado mais alto em um céu azul claro, surpreendente para a época do ano. O mar estava azul, lembrando-a da forma como a água brilhava na Bahia. A única separação agora entre ela e Hassana era o azul profundo do mar.

O primeiro barco se encheu de gente e remou a caminho da costa. Imediatamente, os passageiros começaram a ocupar o segundo barco. Enquanto os homens krus puxavam o barco para perto da costa, os vendedores ambulantes corriam para os recém-chegados; alguns até entravam no mar. Vitória não queria ser pisoteada. Ela também tinha certeza de que Hassana acenaria assim que fizesse o caminho para a costa. À sua esquerda, um homem vestido de trapos subiu em um barco emborcado na areia e começou a levantar os braços para cima e para baixo e para a esquerda e direita, direcionando o outro barco. Ela passou tanto tempo procurando o primeiro barco e olhando para o homem que o guiava que não percebeu que o segundo barco já estava cheio.

As vozes aumentaram. A multidão dobrou e as pessoas se moviam — Vitória percebia agora — em pânico frenético.

— O barco virou! — Uma voz soou sobre as outras.

O barco secundário estava flutuando como uma tigela de cabeça para baixo no mar, e as pessoas nadavam de volta para o navio, com os braços batendo na água. Alguns escalaram a corda; outros foram puxados de volta pela força da água espumosa.

O pesadelo recorrente dela inundou sua mente e, tinha certeza, com todos os seus ossos, que Hassana estava na água. Ela se sacudiu para a frente e para trás.

— Ó, Iemanjá — ela cantarolou. — Ó, Iemanjá. — Ela balançou de um lado para o outro, cantando para o espírito que protegia gêmeos, mães e filhos. O corpo dela movia-se em círculos, balançava. — Iemanjá nos proteja. Iemanjá cuida de nós.

Ela é jogada na água e gira, como se sugada por um funil. É puxada para baixo, a água fluindo ao redor, até que, de repente, o redemoinho para. Ela é impulsionada pela água, embora claramente ainda esteja se movendo ao redor dela. Não precisa mais cantar. A música está nela, em seu peito. Ela é protegida por Iemanjá, dona da água. Pegou os filhos de Xangô e Oxum e os protegeu.

— Esta é a sua casa — diz uma voz. — Você pode ficar aqui. Aqui, todo o medo desaparece.

Ela se livra do medo, e agora é atraída pela calma sedutora da voz. Está em paz. O medo se encolhe e é sugado pelo vórtice. Tudo que conheceu e experimentou – a vida em Botu, o sequestro, a escravidão, a vida em Abetifi, a mudança para Acra – escorrega para o buraco.

Mas essas não são suas memórias; esta não é a morte dela. Estes são os sonhos da irmã.

Hassana está se afogando.

Ela invoca sua força e diz:

— Iemanjá, Ibeji, nós te celebramos, mas não estamos prontas para nos juntarmos.

— Prove — diz a voz, doce, mas firme.

Ela procura por imagens. Elas estão em Botu, sentadas no quarto da avó, cantando e rindo até doer. Estão no poço – ela mergulha os pés, Hassana nada. Cantam e vendem comida para as caravanas.

— Isso tudo é passado — diz a voz. — Você viveu isso. É o que você faz com o futuro que conta.

Vitória aperta os olhos com mais força.

Pela irmã, ela dará vida a Husseina novamente. Não vai esquecer o passado, que contém os tijolos para construir o futuro. Ela imagina esse futuro. Leva Hassana para a dona

Santos, que dá à Hassana as chaves para uma escola. Ela e Hassana caminham de mãos dadas para cima e para baixo na rua Bamgbose. No braço livre, ela leva uma cesta de roupas; Hassana segura livros. Sentam-se em uma esteira à beira-mar, agradecendo a Iemanjá, observando a onda de gente indo e vindo. Elas tiram uma foto juntas. São diferentes, mas estão juntas. O futuro tem sua irmã nele. Ela quer viver. Quer que sua irmã viva também.

Iemanjá, faça-nos inteiras. Iemanjá, faça-nos inteiras. Queremos ser inteiras. Iemanjá, dê-nos vida. Iemanjá, estaremos sempre contigo. Mantenha-nos seguras.

Vitória acordou encharcada e sem fôlego, com os pés na água. Como ela entrou na água? Ela nadou? Achou que estava parada na costa, prendendo a respiração o tempo todo. Há quanto tempo ela estava em transe?

Ela expirou, recuperou o ar e viu que, à distância de um braço, Hassana estava deitada na areia, as ondas quebrando ao lado dos pés dela. Estava tossindo, lutando para respirar. Vitória se ajoelhou e cavou na areia em volta dos ombros de Hassana o suficiente para deslizar o braço sob as costas da irmã. Ela segurou a irmã e bateu em suas costas, até que Hassana expirou profundamente. Vitória deu um grande abraço nela. Hassana tentou falar, mas Vitória a calou.

— Bem-vinda à casa — Vitória disse.

O peito de Hassana pesou e ela começou soltar soluços pesados. As ondas iam e vinham, envolvendo as saias das duas com se as beijassem. Vitória estendeu a mão e cravou as pontas dos dedos na areia úmida, até que uma onda espumosa rastejou sob seus dedos. *Obrigada.*

— Vamos pra casa — Hassana disse, soluçando, e deixou Vitória ajudá-la a se levantar.

O mar, que há apenas um minuto acariciava os dedos de Vitória como um amante, cuspia corpos. Corpos sem vida. Uma caixa se espatifou na costa em estilhaços. Havia outros itens também – uma bota, um prato de ouro e um busto branco da cabeça de um homem – que rolaram na areia.

Vitória pressionou o corpo trêmulo de Hassana ao dela e esfregou o braço da irmã. Ela conduziu Hassana ao longo do trecho interminável de praia, com o mar à esquerda e uma rede de arbustos de mangue à direita.

— Obrigada, Iemanjá — repetia em sussurros, enquanto lançava olhares furtivos para o mar com temor e admiração.

Agora ela sabia. Iemanjá a protegeria, não importava do quê. Ela entrou na água e saiu. Entrou na água e salvou a irmã. De repente, ela se sentiu mais leve. Essa era a limpeza de que ela precisava.

— Foi bom não ter trazido muita bagagem — Hassana brincou, enquanto se aproximavam da travessia para a Ilha de Lagos. Elas haviam caminhado por meia hora.

Vitória riu.

— Eu teria contratado um carregador pra carregar suas coisas. O que trouxe com você?

— Algumas roupas. Principalmente livros.

Vitória imaginou os livros e roupas de Hassana flutuando no fundo do oceano como folhas velhas esquecidas.

— Sinto muito, Hassana.

— Melhor eles do que minha vida.

O medo tomou conta dos joelhos de Vitória, enquanto conduzia Hassana em direção a um homem em uma canoa. Podia ouvir a própria respiração ofegante. "Iemanjá zela por nós", ela se acalmou e subiu na canoa. Hassana subiu e se sentou atrás do Vitória.

— Tanta água onde você mora — disse ela.

Vitória se sentou rígida, mas assentiu. Foi só quando chegaram à costa da Ilha de Lagos que ela se virou. Ainda precisava construir a confiança dela em Iemanjá. Hassana, que quase se afogou, estava molhada, mas parecia serena.

Na Ilha de Lagos, caminharam lentamente, enquanto outros pedestres, carrinhos de passeio e carroças passavam em alta velocidade. Elas cruzaram pelo hipódromo e chegaram à rua Bamgbose. Vitória teria adorado ouvir os pensamentos da irmã sobre Lagos, mas a levou às pressas para dentro de casa, onde Tereza deu alegres boas-vindas do andar de cima.

— Obrigada — Hassana respondeu, com a voz rouca.

Tereza desceu.

— O que aconteceu?

— Por favor, ferva um pouco de água quente pra nós — Vitória pediu. — Contaremos tudo a você depois que estivermos de roupas trocadas e secas.

Tereza despejou a água quente em uma bacia de metal e deixou as gêmeas no banheiro. Vitória tirou água em temperatura ambiente de um grande vaso de cerâmica ao lado da bacia e acrescentou à água quente. Ela desamarrou os laços do corpete de Hassana, tirou as roupas pesadas e molhadas, levou a irmã para a bacia e a ensaboou. Enxaguou o sal e a areia e penteou as tranças enraizadas de Hassana. Massageou a irmã com manteiga de karité e trouxe roupas secas. Então, também se banhou.

— Se você quiser dormir antes de comermos, é só avisar. Seu quarto é lá em cima.

— Obrigada, Huss… Vitó…

— Husseina.

Tereza havia preparado a mesa que Yaya usava para as ocasiões especiais. Sobre a toalha branca estavam os melhores pratos e louças que tinham, vindos da Bahia.

Husseina percebeu que Tereza estava impaciente – a boca dela não parava de se contorcer –, mas não disse nada e, em vez disso, serviu um guisado de legumes e inhame cozido nos pratos delas. Comeram em silêncio, o tilintar dos garfos batendo nos pratos era o único som na sala de jantar.

— Então? — Tereza disse tão repentinamente que Husseina quase riu.

Husseina limpou os lábios e colocou o garfo e a faca na borda do prato, como Tereza lhe ensinou quando ela chegou na casa de Yaya.

— Ela quase se afogou.

— Ai, Xangô — Tereza disse. — O que aconteceu?

— Desci a escada de corda e entrei no barco secundário, com minha bolsa de pertences — Hassana disse em hauçá e em inglês, para o bem de Tereza.

O baú de livros e roupas dela foi descido em seguida. Outros passageiros desembarcaram, mas um homem tinha cinco baús e insistiu que todos deveriam entrar no barco secundário. Os outros passageiros protestaram, disseram que o barco já estava cheio, mas o homem insistiu que muitas coisas foram roubadas da última vez que ele deixou seus pertences para trás.

— Disse a ele pra pegar o próximo barco, e ele me chamou de menina insolente. O homem irado se recusou a desistir e os kru embarcaram o homem e seus baús. Enquanto eles remavam em direção à costa, o barco tombou e fomos todos atirados ao mar. Na água, a princípio, consegui prender a respiração e emergir pra tomar algum ar, mas de repente uma correnteza me puxou para baixo. Então eu saí dela, subi pra respirar, nadei e fui puxada novamente. Até que fui pega em um redemoinho que não me libertou.

— Foi então que senti o que estava acontecendo — Husseina disse.

— Gêmeas! Vocês são poderosas.

— Não fomos nós. Iemanjá. Ela nos salvou.

— Por que você pensa isso? — Hassana perguntou. — Como você sabe disso?

— Eu estava tão longe de você, então não havia como ver. Talvez o momento em que você começou a se afogar foi quando entrei em transe. Iemanjá assumiu e me levou para a água. Eu disse que não queríamos nos juntar a ela. Ainda não.

— Você viu Iemanjá? — perguntou Hassana.

Husseina balançou a cabeça.

— Então como você sabe que é real? Qualquer um poderia imaginar o que eu estava passando.

— Eu ainda não sei nadar, Hassana. Se eu tivesse controle do que estava fazendo, não teria entrado na água. Não preciso ver Iemanjá pra acreditar nela. No começo, pensei que eu estava me afogando, então as memórias vieram; de sua casa missionária, de Acra. Percebi que não eram minhas.

— E por que ela iria mandar você para a água e não apenas me salvar?

— Iemanjá gosta de manter os filhos por perto. Lutei pra nos mantermos vivas.

Hassana olhou para o prato e desenhou círculos com o garfo.

— *Sou* uma boa nadadora — ela disse. — Posso manter o controle na água. E, no entanto, esta foi a segunda vez na minha vida que quase me afoguei. Da outra, estava tentando salvar uma garota que não sabia nadar e ela me puxou com ela. Nem era água profunda. Dessa vez foi profundo. Nos livros que li, as pessoas que descrevem a quase morte sempre mencionam um túnel. Eu vi um pontinho de luz. De repente, estava na costa e você estava lá comigo.

— Existem coisas na vida que não se pode controlar — Husseina disse.

Hassana não disse nada.

— Eu tive esse sonho a vida toda. Não sabia que era sobre você. Sempre pensei que iria me afogar.

— E os outros? — perguntou Tereza, se recostando na cadeira.

— De onde eu estava, pareceu que, além das pessoas que conseguiram voltar ao navio, Hassana e os homens kru foram os únicos que o mar não levou. — Husseina passou de Tereza a Hassana. — Iemanjá protege a nós e aos navegantes: pescadores, marinheiros, estivadores... tem tubarões naquela água. É um milagre que você, que nós, sobrevivemos.

— Você deve ter razão — Hassana disse. — Antes de começar a desmaiar, houve um momento em que parei de lutar, era como se eu estivesse respirando água. Eu me tornei um peixe.

— Iemanjá! — Tereza e Husseina exclamaram.

Tereza se levantou e bateu palmas.

Hassana observou as duas e desviou o olhar para o prato novamente.

— Acho que *você* me salvou. Sua crença em Iemanjá apenas te fortaleceu o suficiente pra entrar na água — ela disse. — Escute, não precisamos acreditar nas mesmas coisas. Estou muito feliz por estar aqui, viva e com você.

Husseina observou os músculos do rosto da irmã estremecerem. Era verdade que tinha que ser paciente com Hassana, mesmo que a irmã nunca se tornasse uma pessoa de fé. Então se deu conta: Hassana acreditava em algo.

— Obrigada por acreditar em nossos sonhos.

— Eu que agradeço — Hassana disse. — Por me salvar.

Elas se entreolharam e sorriram. O sorriso de Hassana era largo e cheio de dentes. O de Husseina, caloroso e de lábios cerrados.

AGRADECIMENTOS

Devo um grande agradecimento à Sarah Odedina e à incrível equipe da Pushkin Children's Books por extrair de mim esta joia de história e por enviá-la ao mundo. Obrigada, Maria e Anna da Agência Pontas, por continuarem defendendo meu trabalho. Obrigada, Jori e Ciku, por seu humor, comentários e deliciosas refeições caseiras. Obrigada, Fawzia, por me colocar em forma e por me ouvir falar *sans cesse* sobre as protagonistas. Obrigada, Gee, especialmente Irene e Kuorkor, pelo trecho sobre o qual fiquei enchendo vocês e, claro, pela amizade. Obrigada, Pierre, Emile, Nana, Monsieur, Rahma e Annie pelo presente da família e pelo encorajamento. E, finalmente, obrigada, caro leitor, por acompanhar as meninas em sua busca para encontrarem uma à outra.

CONFIRA NOSSOS LANÇAMENTOS,
DICAS DE LEITURAS E
NOVIDADES NAS NOSSAS REDES:

@editoraAlt

@editoraalt

www.facebook.com/editoraalt

Este livro, composto na fonte Fairfield,
foi impresso em papel pólen soft 70 g/m² na gráfica AR Fernandez.
São Paulo, Brasil, maio de 2021.